新 潮 文 庫

へその緒スープ

群 ようこ著

JN285829

新 潮 社 版

6964

へその緒スープ　目次

へその緒スープ

へその緒

うちに突然、夫の母親がやってくることになった。今まで生きてきて、こんなにショックなことはない。それも私たち夫婦は同居の件に関しては、何も知らされず、夫の長兄から、

「よろしく頼む」

としか書いていない葉書と、義母からの、

「私は自分の部屋がないと嫌なの」

という電話があっただけだった。

「どうして、こんなことになるのよ！」

私は激怒して、夫に食ってかかった。しかし私と同様に、母親との同居を知らされていなかった夫は、

「そんなことといったって、そんなことといったって……」

といいながら、おびえていた。

「あー、もう、やだ、やだ！」

クッションを抱えたまま、ソファの上で身を縮めている夫の隣で、私は大声でわめいてやったのである。

夫は五人きょうだいの末っ子だ。長兄は五十二歳、次兄は四十八歳、姉はそれぞれ四十五歳と四十歳で、私の夫は三十二歳である。私が結婚前に勤めていた会社で、彼と知り合い、彼の家族のことがわかるようになったとき、しめたと思った。三男であればまず、姑《しゅうとめ》に迷惑をこうむることはないだろう。あったとしても、「はい、はい」と適当にあしらっておけばすむ。同居の可能性は百パーセントないだろうと思われたからである。

私の妹は、夫の両親と同居していたが、毎日、苦労が絶えないようだった。妹のもくろみとしては、同居の態勢が整わないうちに、二人で新居を決めてしまえば、二人だけで暮らすことができるだろうとふんでいたのだが、夫の両親のほうの対処の仕方が、ものすごく早かった。婚約をする前に、二人は結婚するだろうと察知した両親は、あっという間に家を改築し、妹が別居を口にする前に、

「ほーら、住むところを造ってあげたんだから、一緒に住まないなんてことは、絶対

にないわよね」

　と先制攻撃をされ、あれよあれよという間に、同居をするはめになった。建て替えるなら、いっそ玄関や台所が別の、二世帯住宅にしてくれればよかったのに、金をけちったらしく、二部屋を増やしただけだった。だから玄関や台所、トイレも風呂《ふろ》も一緒。ドアをあけたらそこには、舅《しゅうと》と姑がいる生活を、妹は十年以上も続けていた。その間、円形脱毛症にはなるわ、出産後に痔《じ》になるわで、母に、

「心身ともにぼろぼろだ」

　とこぼしていたそうである。私の母も、

「若いころから、あんなに苦労してかわいそうだ。親が歳《とし》をとっているのならともかく、あんなに若いうちから、同居しなくてもいいのに」

　とぶつぶついっていた。私には想像もつかない世界であった。私は何度か恋愛をしたが、長男との結婚は避けていた。人柄がよくて結婚を考えた男性もいたが、長男だということがひっかかり、プロポーズを断ったこともある。とにかく妹の二の舞はごめんだった。結婚した友だちも、結婚前に相手の両親に会って、本当にこの人たちはいい人たちだと感じたのに、

「実生活がはじまると、甘いもんじゃなかったのよ」

と暗い顔をした。「えっ」とびっくりすることが、山のようにでてくる。

「こんなはずじゃなかった」

と思うことばかりだったというのである。

「あきらめるしかないのよ。それか、いいたいことをいって毎日戦うかどっちかね」

結婚した友だちのなかで、相手の両親と顔をつきあわせて同居をしていた人もいたが、同居して一年後、ご両親は相次いで亡《な》くなった。不幸が重なって、私たちは、

「お気の毒ねえ」

とロではいっていたのだが、同居のわずらわしさから解放されることを考えると、同じ立場の友だちは、そんな状況をとてもうらやましがっていたのだった。

三男と結婚して、親との同居なんて、私の人生には関係のないことだと、たかをくくっていたのに、私の目の前は真っ暗になった。だいたい私はお義母《かあ》さんには、いい印象を持っていない。むこうもそうだと思う。私が彼よりも五歳年上だということが、気に入らなかったらしく、婚約中にも彼は、何度も、

「やめるんだったら今よ」

といわれたという。私の耳にいれなければいいのに、そういうことには気がまわらない彼は、

「お母さんがそんなふうにいってたよ」

といって、私の機嫌を悪くさせた。そしてどうしてそうなったかがわからない彼は、私に機嫌が悪くなった理由をしつこく聞いて、大喧嘩《おおげんか》になったことだってあった。しかしここで別れたら、むこうの思うつぼだと、じっと結婚式まで耐えた。ところが式場で、列席した知り合いにむかって、お義母さんが、

「老《ふ》けた花嫁で申し訳ありませんでしたねえ。もうちょっと、かわいい花嫁さんだったら、よかったんですけど。本当に失礼しました」

といっているのを聞いて、むかっとした。反射的に夫のほうを見たら、タキシードを着たまま、にこにこ笑っていた。

（笑ってる場合か！）

脇腹《わきばら》をぐいぐい突いても、彼は、

「なあに」

などといっている。花嫁は結婚式当日が、いちばん幸せに感じるといわれるが、私にとっては最悪の日になってしまったのである。

私をそんな目に合わせたあのお義母さんがうちに同居する。それもこちらの承諾など、一切なしにだ。

「あなたがぼさーっとしてるから、こんなことになるのよ。わかってんの！　えっ！」

　私は夫の姿を見るだけでむかむかして、当たりまくった。

「ぼくだって、びっくりしてるんだよ。ずっと母親は兄貴の家で暮らしていたしさあ。どうしたんだろうなあ、いったい」

「とにかく、お兄さんに電話して、どういうことだか説明してもらってちょうだい」

「わかった、わかったよ」

　彼はしぶしぶお兄さんに電話をした。一発、がーんとかましてやればいいのに、

「そうなのか、わかった。じゃあね」

　と素直に受け答えしている姿に腹が立つ。

「やっぱり、うちに来るのは決まったんだって。おふくろとうまくいかなくて、お義《ね》姉《え》さんが体をこわして、入退院を繰り返しているんだってさ。おふくろがうちに来たいっていうんだから、しょうがないんじゃないの」

「事前にひとこともないのは、ひどいわ。決まったんじゃなくて、一方的に決められたっていうのが、わかんないの、あなたは」

「まあ、そういう気もしないではないな」

私は頭に血がのぼり、わあわあわめいた。このマンションだって子供が生まれることを考えて、いちおうは三部屋あるが、お義母さんがきたら狭くなる。食事のことだって、これまでのようにいかない。考えただけで頭のなかがパンクしそうだった。

「あのさあ、そんなに神経質になること、ないんじゃないの。ただで働いてくれるお手伝いさんがくるって考えればいいじゃないか」

私はのんびりという夫の姿を横目で見ながら、やっぱりこの人とは他人だわと思った。彼は実家にいるときと同じように、お義母さんに、

「あれやって、これをして」

と頼めば、はいはいということを聞いてくれて都合がいいと安心しているのだろう。

「そんなことといったって、あなたのお母さんかもしれないけど、私の親じゃないんだからね」

「ふーん、まあ、何とかなるさ」

夫はこの問題には深く関係したくないようだった。義理の両親との同居問題が噴出すると、必ず共通する夫の態度が、「何とかなるさ」であるというのは、友だちから聞いていた。やっぱりうちのもそうだった。

「あんたはいいけど、私が大変なんだからね」

「だからさあ、ただで働いてくれるお手伝いさんが……」

夫はぐだぐだと同じことを繰り返していた。私は流しにためておいた汚れた食器を、急に洗いたくなって席を立ち、蛇口を全開にして食器を片っぱしから洗ってやった。

それからすぐ、お義母さんの荷物が着いた。桐簞笥《きりだんす》がひと棹《さお》、洋服ダンス、姿見、座卓、布団《ふとん》、段ボール箱が、私たちのマンションに運びこまれた。四畳半をお義母さんの部屋にしたかったのだが、どうしても家具の配置がうまくいかず、涙を飲んで六畳の和室に荷物を運びいれた。

（こんなはずじゃなかったのに……）

私はどことなく、すえた臭《にお》いのする荷物を、ため息をついて眺めていた。三日後の夜、古びた巾着袋《きんちゃくぶくろ》とバッグを大事そうに抱えて、お義母さんはやってきた。七十三歳という年齢もあって、背中が少し丸くなっているが、東京駅にむかえにいった彼に連れられて、うれしそうな顔をしていた。が、私には「お世話になります」のひとこともない。部屋に入るなり、

「まあ、狭い」

と鼓膜が破れるくらいの大声でいい放った。

「これ、四畳半か」

「違うよ、六畳だよ。お母さんが来るっていうから、空けたんだよ」

彼は淡々といった。

「狭いねえ。田舎では八畳の部屋だったんだよ。そうか、まあ、しょうがないかねえ、狭くても。そうそう、マサノリちゃん。あんたももう三十二歳でしょう。田舎じゃ、そのくらいの歳だったら、家の一軒や二軒は建ててるもんだよ」

「東京は何もかも高いんだから、しょうがないじゃないか」

「ほら、隣にいたカズオちゃん。この間、東京で家を建てたんだよ。あんたと同い年なのに。奥さんがしっかりしていると、ちゃーんと家は建つもんだよ」

「ふーん、すごいなあ」

私が背後でむっとしているのにも気がつかず、夫は感心していた。

「あ、ミエコさん、あたし、このお茶しか飲みませんから、置いておいて。それと、これもお願いね。あーあ、右をむいても左をむいても狭い」

お義母さんは荷物の段ボール箱から、どくだみ茶の入った袋と干ししいたけの袋を私に放り投げた。そしてあっけにとられている私を後目《しりめ》に、勝手に他の部屋に入って、押し入れのふすまを開け、点検しはじめた。

「まあ、服ばっかり。みんなミエコさんのじゃないの。これだけあるのに、新しいものをどんどん買っているんでしょ。もったいないわねえ。そんな無駄遣いをしていると、いつまでたっても家なんか建ちませんよ」

次はタンスの引き出しをのぞいて顔をしかめた。

「整理がなってない。これじゃ、物を出したいときに、すぐ出せないでしょう」

引き出しのなかにいれてあった、彼のポロシャツを出して、たたみ直した。全部やってくれるのかと思ったら、一枚だけやってやめにしていた。

次は台所にやってきて、冷蔵庫を開けた。

「ここも、ひどいもんだ。それに、ほら、つくだ煮みたいなものはないの。マサノリちゃんは、こんぶのつくだ煮が大好きなのよ」

「たまたま、切らしてるんです」

「主人の好きなものは、いつも置いておくのが、妻のつとめでしょう。年上のくせに気がきかないのねえ」

「そ、そんなことはないよ。よくやってくれているよ」

ささやかに彼は私のフォローをした。

「相当、手をぬいているわよ。ほーら、冷凍庫にこんなに冷凍食品があるじゃないの。まあ、チャーハンの冷凍まであるわ」

ばたばたと扉を開け閉めしながら、お義母さんは文句ばかりいっていた。

初日から、私の手料理もなんだからと、晩御飯は近所の和食の店に食べにいった。

そこでも、お義母さんはたらふく食べたくせに、

「こんなことをして贅沢《ぜいたく》だ」

と彼じゃなくて私を怒った。

「あなたが、ちゃんと御飯を作らないから、外で食べるってことになるんでしょ。うるさいことはいいたくないけどね、ちゃんと、やることはやらなきゃいけませんよ。マサノリちゃんは外で一所懸命に働いているんだから。パートに出てるそうだけど、そんなことをする前に、お料理のひとつも習ったら」

せっかくの懐石料理も、こうるさい小言のおかげで台無しになった。お義母さんが寝たあと、彼が、

「気にしない、気にしない」

とおどけて明るくいったのにも、むしょうに腹が立った。

翌日、朝、六時に目がさめたら、台所で音がする。ぎょっとして行ってみると、お義母さんがわけぎを刻んでいた。

「あの……」

「あーら、今、お目覚め？　ずいぶんゆっくりねえ」

「あの、朝はいつもパンなんですけど」

「御飯を食べなきゃ、元気が出ないわよ」

「マサノリさんがそうしてくれっていうんです」

「そんなことはありませんよ。あの子は私が作った御飯とみそ汁が大好きだったのよ。あなたの味付けがまずいから、そういってるだけなんじゃないの」

　私はパジャマ姿のまま、しばらくぼーっとしていたが、何もすることがないので、朝から暗い気分で、着替えをすませ、何をしていいかわからず、台所の隅でまたぼーっとしていた。

「ミエコさん手伝って。気がきかない人ねえ」

　お義母さんはアルミの片手鍋《なべ》を持って、あごをしゃくった。

「そこにお椀《わん》を並べてちょうだい。探したんだけどね、あなたの整理が下手だから、どこにあるかわからないのよ」

　お椀はちゃんとガラス戸の食器棚のところに入れてある。自分が気がつかないだけなのだ。私は腹の中で、

（ちぇっ）

と舌打ちをして、食器棚からお椀を取り出した。

「あーら、そこにあったの」

お玉でアルミ鍋のなかをかきまわしながら、お義母さんは何事もなかったように、いい放った。私は黙ってお椀を並べて、炊飯ジャーから御飯をよそった。私が作ったのとは明らかに違う、味噌汁《みそしる》の匂《にお》いが台所に漂っていた。

「おお、懐《なつ》かしい匂いがしているじゃないか。あっ、これは大根の味噌汁だな」

パジャマ姿で毛が逆立った彼が、頭をぼりぼりかきながら起きてきた。

「そうよ。あなたの好きな、しいたけとかつおでだしをとったお味噌汁よ。早く顔を洗ってらっしゃい」

お義母さんと彼の目には、私など映っていないのが、ありありとわかった。彼らにとって私は関係ない人なのだ。たしかにお義母さんは彼を生んだかもしれないが、私は彼の妻である。これから彼と生活していくのは私なのだ。

(負けてたまるか)

ダイニングテーブルの椅子《いす》に座ると、お義母さんが嫌な顔をした。

「主人が顔を洗っているのに、前に食卓につくとは何です」

「うちではいつも、こうしてますから」

「……」

私はこれ見よがしに、お義母《かあ》さんが彼のために置いておいた新聞を広げ、特に読みたい記事もないのに、読むふりをしてやった。

「まあ、主人がまだ読んでいないっていうのに……」

私が行動を起こすたびに、お義母さんは怒る。このままどんどん怒らせたら、ピーンと頭の血管が切れて、意外と早くあの世にいってくれるかもしれない。私をにらみつけている目に、気がつかないふりをしながら、私は新聞に目を落としていた。

「マサノリちゃん、早くしなさい。お味噌汁がさめますよ」

彼は洗ってもたいして代わり映えがしない顔で、姿を現した。

「ああ、懐かしいなあ。子供のとき、よくお母さんが作ってくれたよな」

「んまあ、覚えていてくれたのねえ。ミエコさんったら、『うちは朝はパンですから、そんなことをされたら迷惑です』っていうのよ」

「そんなこと、いってませーん」

私は新聞のページをめくりながら、けだるくいってやった。

「は、はっきりはいわなかったけど、そういう意味のことをいったでしょ。迷惑そうな目つきだったし……」

台所にどんよりとした空気が流れた。私とお義母さんの間で、彼は目をきょときょとさせていたが、それをふっきるように、

「いただきまあす」

と味噌汁を飲んだ。

「ああ、うまいっ」

そういった後、しまったという顔をして、こちらを盗み見た。私はだいこんだけを少しつまんだ。

「おいしいでしょ。やっぱりこの人とは、年期が違うのよ。安心していいのよ。これからは毎朝、おいしいお味噌汁を作ってあげますからね」

お義母さんはそういって、ずるずると味噌汁をすすり、ぺちゃぺちゃと音をたてて御飯をかんだ。そして仕上げに、お茶を口に含んで、ぶくぶくとうがいをし、それを飲み込んだ。それで口の中の掃除が終わったのかと思いきや、名残《なごり》おしそうに、舌を使っていつまでも口の中をさぐりまわしていた。

この人とこれから一緒に暮らしていかなければならないなんて。全身から力が抜けていくような気がしたり、怒りが熱いかたまりとなって、体の底からわいてきたり、私の体は力が抜けたり入ったりした。

「どうするつもりなのよ」

スーツに着替えている主人の耳元で、私はどすのきいた声でいってやった。

「えっ、何が」

「お義母さんが来て、たった半日だっていうのに、私、山ほど嫌味をいわれてるんだからね」

「えっ、でも朝飯を作ってくれたじゃないか」

「何いってんの、あれだって私に対する嫌味だわよ」

「えっ、そうなの。これからは楽ができていいなと思ってたのに……」

彼は全くわかっていなかった。彼の両親にあれだけ結婚を反対されたときに、

「僕は一生、きみの味方だからね」

といったのも、しょせんこの程度かと思うと、悔しくて彼の首をしめてやりたくなった。

「ま、とにかく行ってくるから」

その場から逃げるように彼は家を出ていった。お義母さんは椅子に座ったまま、まだ口の中を舌でさぐっている。そして私の姿を見るなり、不愉快そうに顔をしかめた。

「洗い物が流しにたまってますよ。さっさと後片付けをして」

私は無言で流しの蛇口を力いっぱいひねり、ふだんの倍くらい洗剤をつかって、食器をごしごし洗ってやった。

彼女と顔を突き合わせての昼御飯も苦痛だった。冷蔵庫の残り物を出したら、

「いつの残り？　腐る手前なんじゃないの」

と文句をいいながらも、御飯をおかわりした。私はひとこともいわず、ずっと黙っていた。お義母さんは、いかに長男の家で冷たい仕打ちを受けたかをしゃべった。自分の部屋は日の当たらない八畳で、おまけに隣家の犬小屋が塀をへだてたところにあり、臭いや鳴き声がうるさくてたまらなかった。おまけに嫁はヒステリー性格だったといった。

「ひとこと文句をいうとね、三《み》言《こと》どころじゃなくて、百言くらい返ってくるんだよ。私は口下手な質《たち》だから、あっけにとられているだけだったねえ」

私は長男のお嫁さんには、私の結婚式のときに会ったきりだが、「いつも目立たぬように、ひっそりと生きている」というようなタイプだった。私は能面のような顔をして、お義母さんのいうことを、右の耳から左の耳へと、ただ通過させていた。

「やだねえ、こんな監獄みたいなところは。ちゃんと土があるところがいいよ」

窓の外を見ながら、お義母さんはため息をついた。

「それなら、二番目のお兄さんや、お姉さんたちのところへ、いらっしゃればよかったんじゃないですか。皆さん、一戸建てにお住まいなんだし」

こんな予定外のばあさんまで、引き取らされて、狭いだのなんだの文句をいわれたらたまらない。お義母さんは、はーっとため息をついた。辛《つら》い人生に耐えているような姿だったが、こっちがため息をつきたいくらいだ。

「兄弟のなかで、マサノリちゃんがいちばん優しいの。昔っからそうだったんだよ。それがあんたと結婚してから、そうでもなくなってねえ。親子ってこんなもんかと思ったよ」

それから延々とぐちは続いた。ふっと見ると、お義母さんの鼻の穴から、つつーっと鼻水が垂れてきていたが、本人は全く気がついていなかった。明日は土曜日で彼が休みだし、私は朝からパートに出るから、彼女と家の中で顔をつき合わせている必要はない。今の私にとっては、パートに出ることだけが、息抜きみたいな気がした。

翌朝、目をさましたら、しーんとしていた。お義母さんは、毎朝、おいしい味噌汁を作るといったのに、どうしたんだ。私の期待どおり、こんなに早くぽっくりいっちゃったんだろうか。私はそーっと様子を見にいった。残念ながらお義母さんは、布団《ふとん》のなかでまだいびきをかいて寝ていた。今朝は私が朝食の主導権がとれる。もちろんメニューはトーストに目玉焼きである。物音を察したのか、お義母さんが起きてきた。洗いざらしてけばけばになり、模様も消えうせた、ネルのネグリジェを着ている。

「あら、今朝は早いのね」

肩越しに私の手元をのぞきこみ、ちょっと嫌な顔をした。私は彼女が嫌な顔をするたびに、喜びがわいてくる自分に気がついていた。

「パンなの？」

お義母さんは機嫌が悪い。

「それじゃ、御飯にしたら」

彼が炊飯ジャーから御飯をよそおうとすると、

「この家の御飯はまずいのよ。何日、暖められたかわからない、御飯なんだもの」

私は彼女の扱いは彼にまかせ、パートに出かけることにした。彼は新しく御飯をたこうかとか、おかずは何にしようかとか、お義母さんの機嫌を伺いながら、台所で右往左往していた。

「それじゃあ、いってきます」

彼に声をかけた。

「ああ、いってらっしゃい」

「『いってらっしゃい』って、マサノリちゃん、どういうこと？」

ドアを閉めれば、あとは知らない。二人でうまくやればいいのだ。その日、私はいつもより気合いをいれて、スーパー・マーケットでお惣菜《そうざい》のパッキングをやってやった。

夕方、家に戻ると彼がお義母さんの部屋で、顔を突き合わせるようにして話しこんでいた。せっかく盛り上がった気分が、しゅーっと音をたててしぼんでいった。そして二人の背後にあるものを見て、私はこめかみから汗がたらーっと流れてきた。それはたたまれた洗濯物だった。明日、洗濯をしようと思って、ためこんだままだったのだ。

「洗濯しておきました！」

お義母さんはいい放った。

「そんなことを、していただかなくてもよかったのに」

「よかったのにっていったって、あんなにためこむなんて不潔ですよ。パートに出てるのはわかりますけどね。やることはきちんとやってよ、きちんと」

そういったとたん、お義母さんは薄笑いを浮かべた。

「ミエコさん、いい歳《とし》をして、結構、派手な下着をはいてるのね。まだ新婚気分なわけ？　手洗いしてて恥ずかしくなっちゃったわ」

ひゅーっと血の気が引いた。そんなに恥ずかしいんだったら、いっそのこと、放っておいてくれたほうがよかった。私は黙って洗濯物の山を抱え、タンスの引き出しにしまった。しまいながら涙が出てきた。いくら夫の母親とはいえ、自分のはいているパンツにまで、口を出されるなんて。それもあんな嫌味ないい方で。私は暗闇《くらやみ》のなかでしばらく座りこんでいたが、

「よしっ」

と声を出して立ち上がった。二人はまだ話していた。

「そうそう、マサノリちゃん。いいものを見せてあげる」

お義母さんは大事そうに抱えてきた、古い巾着袋《きんちゃくぶくろ》の中から、紫色の布にくるまれたものを取り出した。布を取ると、小さな桐《きり》の箱が出てきた。

「見たことあるでしょう」

「えっ、さあ」

彼は首をかしげた。

「開けてごらん」

開けたとたん、彼は、

「ああ、これか」

とつぶやいた。

「あんたのへその緒だよ。これで私とあんたは十月十日《とつきとおか》、つながっていたんだよねえ」

彼は興味がなさそうに、無言で桐の箱を座卓の上に置いた。しかしお義母さんは、その桐の箱を手に取って、愛《いと》しそうに眺めた。

「いちばん上のお兄ちゃんのは、戦争で焼けちゃってないんだよ。あんたたちが病気になったときには、へその緒を出しては『どうぞ、元気になりますように』って拝んだものだよ」

私はへその緒には嫌な思い出があった。小学校の高学年のとき、私はタンスの小引き出しを開けていて、妹のへその緒をみつけた。

「わあい、変なの」

といいながら、掌《てのひら》の上にのせて逃げた。妹は、

「返せー」

と笑いながら追いかけてきて、二人でわあわあいいながら、家の中で鬼ごっこをはじめた。祖母は縁側で、新聞紙を広げてたくさんのしいたけを干していたのだが、

「そんなことをして、ばちが当たる」

と怒った。ところが私はいうことを聞かず、祖母のまわりをぐるぐるとまわりながら、逃げていたそのとき、手からぽろりとへその緒が、しいたけの中に落ちた。一瞬、しいたけの軸とへその緒の区別がつかなくなった。

「何てことをするんだ。この子は」

祖母はおおあわてでへその緒を両手で拾いあげ、この事件を知った母に、私は腰がくだけるくらいお尻《しり》をぶたれた。それ以来、私はしいたけが食べられなくなったのだ。

「早く、孫の顔を見たいもんだよ。あんただって早く欲しいだろう」

またこの話だ。

「仕方ないよ。できないものはできないんだからさ」

「でも嫁があれだから、望んでも無駄かねえ。昔は、嫁《か》して三年、子なきは去れっていわれたもんだけどねえ。そうそう、ミエコさん、あんたいくつになったの」

私が黙っていると、彼がかわりに、

「三十七だよ」

と答えた。

「まあ、そんなに」

お義母《かあ》さんは目をむいた。

「私があんたの歳には、四人の子供がいたわよ。あらー、三十七になっちゃって。もう、だめじゃないの。かわいそうに、マサノリちゃんは自分の子供も抱けないのかい」

お義母さんは首を横にふり、桐の箱に入ったへその緒を、じっと見つめた。

(何だ、そんなもの。いったいへその緒がどうしたっていうんだ!)

私はまたむらむらと怒りがこみあげてきた。

「お母さんは、ずっとそれを大切に持っていたんだねえ」

彼はぽつりといった。

「そうよ。こんなに大切なものはないよ」

私は大声で、「へっへっへー」と笑いながら、二人のまわりを踊ってやりたくなった。そんなもんに、うっとりしてるなんて、アホじゃなかろうか。そんなに彼女が大切にしているものならば、それがなくなったら、どんなに私はうれしいだろう。

お義母さんがお風呂《ふろ》に入っている間に、へその緒を持ち出して、彼女が寝る前に準備する、味噌汁《みそしる》のしいたけだしの中に放り投げてやる。まさかへその緒が入っていると気がつかない彼女は、そのだしで味噌を溶き、

「マサノリちゃんは、これが大好きよね」

といいながら、二人がおいしそうに味噌汁を飲む。そしてそれを黙って見ている私。

（ふっふっふ。あの二人には、それがお似合いだわ）

私はその光景を思い浮かべながら、二人が親密にしているそばで、ほくそ笑んでいたのだった。

贈りもの

サトコは日曜日の午前中、ベランダで洗濯物を干していた。このところ雨が続いたものだから、洗濯物がたまってしまい、洗濯機を三度まわしてしまった。干しても干しても洗濯物はたくさんある。パジャマや下着、靴下は毎日、ベッドカバーや枕《まくら》カバーも二日に一度は取り替える。バスタオルもそうだ。それに足ふきマット、キッチン、トイレのタオルなどなど。こまめに取り替えないと気持ちが悪いから、雨が降ると洗濯物が増えてしまうのである。

アパートの狭いベランダは、洗濯物を干しているうちに居場所がなくなる。隣りの部屋の女子学生がベランダに顔を出したので会釈《えしやく》をすると、彼女は、

「こんにちは」

と小声でいった。

「え、なあに」

声が聞こえて、掛布団《かけぶとん》を抱えた若い男性がベランダに姿を現した。びっくりしたサトコは、あまりじろじろ見てはいけないと、目をそらして、残りの洗濯物を干すのに専念しているふりをした。

(そうか、彼氏がいたのか。昨日は泊まったのね)

サトコは洗濯物を籠《かご》から出して、洗濯ばさみでとめるという作業を繰り返した。誰かに見られているような視線を感じた。はっとしてきょろきょろすると、アパートの前の電線に鳩《はと》がとまって、サトコをじっと見つめている。

「なんだ、鳩か」

鳩がこちらを見ても、人に見られたような感じがするのかと、サトコは不思議に思ったが、そのまま洗濯物を干し続けた。

「こんなに几帳面《きちょうめん》できれい好きで、料理も上手なのに、どうして結婚できないのかねえ」

母はアパートに来るたびにそういったものだった。友だちのなかには、母親が上京してくると、料理を作ってもらったりする者もいたが、サトコは母親を自分の手料理でもてなしていた。だから母親のほうが、サトコのアパートに来るのを楽しみにしていたのだ。何度か見合いもしたが、まとまらなかった。いっそ集団見合いに参加しようとしたこともあったが、勇気がでなかった。あせってもしょうがないとも思っていたが、せめて母親が生きているうちに、結婚しておけばよかったと、三十五歳の今になって、後悔しているのである。

サトコの父親は彼女が中学生のときに亡《な》くなった。それから教師をしている母親と二人で暮らしていたが、その母も三年前に亡くなったので、サトコは天涯孤独である。遺産というものが少しはあるのかと思っていたが、親類の男性がやってきて、

「貸している金がある」

と借用書を見せて、母親が住んでいた狭い土地と家屋を処分した金を持っていった。サトコの手元に残ったのは、家族の写真と母親の指輪と着物が数点だけであった。それ以来、親類とは全くつき合いはない。

サトコは東京の短大を卒業したあと、郷里に戻りたかったのだが、母親の、

「東京にいたほうが、仕事をするにはいい」

という勧めで東京に残った。ある会社に就職したが経営不振で倒産し、そのあと必死に探して見つけたのが、今の建設会社の事務である。個人経営の小さな会社なので、事務員は彼女一人である。若い頃は男性社員にからかわれたりしたが、この歳《とし》になるとそんなこともなくなった。変化のない淡々とした毎日である。

給料もそんなによくないから、家賃の高い所には住めない。このアパートもサトコ以外の住人は、みんな学生だ。衛星放送のアンテナもないこのアパートの住人の回転は早い。学生さんたちは掃除もしないから、休みの日に、サトコが目についた場所を掃除する。だからアパートの住人のなかには、サトコのことを管理人だと思って、

「トイレがあふれたんですけど」

といいに来る者もいた。そんなときも管理を請け負っている不動産屋に電話をしてやったりして、いろいろと面倒をみたのである。

「これまで何かいいことがあったかしら」

とサトコはよく考える。腰が痛くなったり、目も疲れるが、まあまあ健康である。それだけで十分だと思うが、それだけかと考えると空《むな》しくなる。たとえば、つき合っている男性がいるとか、給料がいいとか、広くてきれいな部屋に住んでいるとか、ものすごい美人に変身できたとか。このなかのひとつくらい、我が身に起こってもいいのに、今のサトコには、どれもこれも関係のない事柄ばかりであった。

ある日、サトコは会社の帰りに、最寄り駅のそばにある、デパートのバーゲンセールに行ってみた。そこにはたくさんの人が群がっていた。ものすごく安い。しかし気に入った商品は点数が少なく、奪い合いである。サトコは一枚のジャケットを手にと

った。鮮やかなグリーンで、

「たまにはこういう色も着てみようかな」

と珍しく思った服だ。彼女が手に取ろうとしたのと同時に、別の手が伸びた。手を伸ばしていたのは、すらっと背の高い若い女性であった。しっかりと化粧をし、肩のあたりで髪の毛がふわふわとカールしている。

「あっ」

サトコは小さく声を出した。彼女は、

「すみませーん」

といいながら、横からそのジャケットを持っていって、鏡の前でさっさと試着を始めた。

(着てみようと思ったのに……)

サトコは彼女の後ろ姿を見ていた。それはまるで彼女に誂《あつら》えたかのようにぴったりだった。

「じゃ、これを下さい」

ジャケットは彼女のものになった。サトコは、仕方ないなと思いながら、他の商品も物色したが、めぼしいものはなく、食料品売場に行った。そこでは鮭《さけ》の切り身だの、昆布だの、煮干しだの、山ほど買い込んだ。

デパートのビニール袋を持って、駅に向かった。鏡になっている壁の前を歩いたとき、自分があまりに所帯じみていたので、サトコは驚いた。こんな姿を見たら、誰もが自分を二人以上の子供がいる主婦としか見ないだろう。それも相当くたびれている。もっと生き生きして、きれいな主婦はたくさんいる。それに比べて、どうしてこんなに私は所帯じみているのだろうか。サトコはさっきの自分の姿は見なかったことにして、電車に揺られていた。

緑色のジャケットが手に入らなかったのが心残りで、それからサトコは会社の帰りに、そのかわりになるようなジャケットを探してみたが、あれほど心ひかれる服はなかった。そう考えるとますます惜しくなってきた。

「あーあ、私ってついてないのかな」

サトコはそうつぶやきながら、ショッピングセンターのトイレに入った。中には誰もいない。個室に入ってみると、バッグを置くための棚に事務用の大きめの封筒が置いてあった。

「何だろう」

用を足しながらサトコは考えた。目はじっと封筒にそそいだままである。

「もしかして、爆弾では……」

あわてて身支度を整えて個室を出ようとしたが、やはり封筒が気になって仕方がない。手にはとらず、なめるように封筒を眺めまわしたが、社名などは入っていない。耳を近づけても何の音もせず、時限爆弾でもなさそうだ。人差し指で封筒を押してみた。かちかちに固いというわけでもなく、触った感触は書類か本のようだった。

「もしかしたら、本を忘れたのかも」

おそるおそる封筒を開けてみた。

「何、これ……」

中に入っていたのは、たくさんの一万円札だった。サトコはただただ驚いて個室の中で立ちつくした。そしてあわてて天井を見た。一般人を対象にした、どっきりカメラではないかと思ったのである。しかしカメラはない。第一、女性用のトイレにカメラを設置するわけがない。個室の内部を調べても、異状はなかった。

「やだ、どうしよう」

サトコは封筒を手にしながら、すぐこのビルの事務所に届けなければと思った。しかしその次の瞬間、心の中にある別の生き物が、彼女にささやいた。

「もらっておきなさい」

普段なら、迷わず事務所に届けるサトコに、ふと魔が差した。

「これまでいいことなんてなかったもの。給料だって少ないし、一生懸命に仕事をやったって、褒めてくれる人なんかいないし。ボーナスだって、年間に二ヶ月分しか出ないし。もしかしたら、これはお金持ちからの贈りもので、運よく私が見つけてしまったのかもしれない。そう、これは宝くじに当たったのと同じことなんだわ。泥棒なんかじゃない。忘れた人が悪いんだ」

サトコは、一万円札が入っている封筒をバッグに押し込んだ。心臓がどきどきする。心を落ち着かせながら手を洗っていると、四十歳すぎと思われる、一人の女性が入ってきた。小柄で化粧気がなく、地味な人だ。茶色のスーツに運動靴をはいている。洗面台の前で横目で様子をうかがっていると、彼女はサトコが使った個室に入っていった。サトコの口からは心臓が飛び出しそうだった。そのまま外に出る勇気もなく、洗面台の前で髪をなでつけたり、化粧を直すふりをしたりして、様子をうかがっていた。

女性は用を足してすぐ出てきた。サトコに関心を示すふうでもなく、バッグの中からよれよれになった灰色のハンカチを出して、それを口にくわえ、手を洗いはじめた。そしてサトコはちょっとほっとして、高鳴る心臓をおさえながらトイレの外に出た。そしてバッグを胸に抱えて、まっすぐアパートに向かったのだった。

電車に乗っても、駅からアパートの帰り道でも、アパートのドアを開けても、まだ心臓が高鳴っている。

「はー」

しっかり戸締りをし、ベランダに面したカーテンを閉めたあと、サトコは部屋のテーブルの前にへたりこんだ。放心状態だった。いっそのこと、さっきのことは夢で、バッグを開けたら中には何もなかった、というほうが、救われるような気がした。しかしバッグの中には、やはり封筒に入った一万円札が入っている。

サトコはあわててバッグの蓋《ふた》を閉じ、じっと座布団《ざぶとん》の上に正座をした。

「どうしよう……」

部屋の中でお札を見ると、不安と後悔が襲ってくる。

「あのとき事務所に連絡していればよかった」

サトコは頭を抱えた。でもすでに家に持って帰ってしまっている。近所の交番に届け出るのも変だ。絶対にそのほうが変だ。

「ああっ」

サトコは頭をかきむしった。お腹《なか》は減っているはずなのに、食欲がわかない。サトコはしーんとしたなかに一人でいると、たまらなくなりそうだったので、テレビをつけた。運よく公開の音楽番組をやっていて、テレビから流れる、若い歌手と観客の歓声を聞きながら、バッグを手元に引き寄せた。

「もしかしたら、夢かもしれない」

サトコはしつこく確認をした。やっぱりバッグの中には一万円札の入った封筒がある。封筒から一万円札を取り出し、一枚ずつ数えた。十枚ずつひとまとめにして、テーブルの上に並べてみると、二十の束ができた。

「二、二百万……」

給料の手取り十ヶ月分だ。テーブルいっぱいに広がったお金を見て、サトコはまた胸がどきどきしてきた。ふっと母親の顔が頭に浮かんだ。

「何やってんの、あなたは」

呆《あき》れ顔をしている。

「だって、お母さん」

サトコはつぶやいた。現場から電車に乗って、ここまでお金を持ってきてしまっているのだ。同じ場所に戻すことも考えたが、目の前にあるお札を見ていると、だんだん惜しくなってきた。テレビでは人気のある若い男性のグループが歌い踊って、大騒ぎになっている。このうるささがサトコの救いだった。

「これは、贈りものなんだわ」

彼女はうなずいた。

「これまでまじめにやってきたもの。学校を卒業して勤めていたときも、仕送りはかかさなかったし、でも会社は倒産しちゃうし。男の人とも縁がないし。そうよ、これは私がまじめにやってきたご褒美《ほうび》なの。堂々ともらっていいものなのよ」

サトコはやっと気持ちが落ち着いてきた。そしてまたはーっと深くため息をつき、お金を封筒の中に戻した。

翌日、会社に行く前に、封筒の中からお札を二十枚出して、それを財布にいれた。サトコは一張羅といってもいいスーツを身につけた。電車の中ではスリに遭わないかとひやひやし通しだった。いつもは会社にお弁当を持っていくのだが、今日はやめにした。たまには昼御飯も豪勢にしたかったからである。会社で仕事をしていながらも、誰かに自分の秘密を悟られはしないかと気が気じゃなかった。しかし会社の誰も、サトコには関心をはらう気配はなかった。

昼になって、

「ちょっと外に出てきます」

と同僚に声をかけても、書類から目を上げないまま、生返事をされただけだった。

一人でレストランに入って、ランチを食べる。人が作ったおいしい料理を食べるのはいい。ガラス窓に面した席に座って、コーヒーを飲んでいると、窓のむこうを小柄な女性が通りすぎた。ちらりとこちらを見たような気がしたが、サトコは特別、気にもとめなかった。

給料は少ないが、幸い残業はない仕事なので、サトコは時間になるとすぐ席を立った。

「お先に失礼します」

といっても、

「はい、ご苦労さん」

と判で押したようにいわれるだけである。

「いいんだ、私は。これからは楽しませてもらうんだから」

サトコはデパートに行き、バーゲンではない売場に行った。それもほとんど通過するだけで、買ったことなどない特選品売場である。

「いらっしゃいませ」

丁寧に応対されて、サトコは体が固くなった。一張羅を着てきたというのに、その店にいるなかで、サトコの身なりがいちばんよくない。

「あの、スーツが欲しいんですけれど」

「どのようなものがよろしいですか」

バーゲン会場で、ひとつの品物を奪い合うのとは全く違う、ゆったりとした雰囲気が流れていた。サトコはぼーっとなりながら一着のスーツに決めた。二十万円とちょっとだった。なんだかとてもうれしくなってきた。包装してもらうのを待つ間、他の商品を物色していると、誰かが自分のほうを見ているような気がした。しかし、ちょうどそのとき店員さんがスーツを包装して持ってきてくれたので、サトコの関心はそちらに移り、商品を受け取ってデパートを出たのである。

アパートに戻って、急いでスーツに着替えてみた。仕立てがよくて軽くて暖かい。とっても幸せな気持ちになった。

「うれしい」

サトコはつぶやいた。汚さないようにそーっと脱ぎ、カバーをかけて洋服ダンスにしまった。そのとき「ピンポーン」とチャイムが鳴った。

「はあい」

返事をしてドアにかけ寄り、相手の様子をうかがったが、何の応答もなかった。

服を買ったらそれに合う靴やバッグも欲しくなる。サトコは買ったばかりのスーツを着て、会社に行く前に、この間よりもたくさん、封筒の中からお札をつまみ出した。ふだんは関心を示さない同僚が、サトコの姿を見て、おやっという表情をした。それがまたサトコの気分をよくさせた。今度は会社の帰りに銀座まで出かけて買い物をした。

「これに合うショルダーバッグを」「プレーンな中ヒールを」といって、店員さんに出してもらった。鏡の中の自分はこれまでと違っていた。

「よくお似合いですよ」

褒められるとまたうれしい。バッグと靴を買い、帰りはタクシーに乗って帰った。部屋に帰るとまた、ファッションショーである。バッグもバランスがよくて持ちやすいし、靴も柔らかい革だと本当に履きやすい。鏡の前で、いろいろとポーズをとっていると、また「ピンポーン」とチャイムが鳴った。

「はい」

そう返事をしてドアスコープをのぞいてみても、ドアの向こう側からは、何も聞こえてこないし、誰もいなかった。

サトコは次の日も、封筒の中からお金をつまみ出した。後ろめたい気持ちなど、どこかにふっとび、次に何を買おうかとそれだけが楽しみになっていた。今日の目的は指輪だ。いくら歩いても足が痛くならない靴を履いて、サトコは宝飾店をまわった。ショーウインドーで目が釘《くぎ》づけになった。ルビーをあしらったデザインリングだ。サトコは引き寄せられるように店内に入り、指輪を見せて欲しいと頼んだ。指にはめてみると、ルビーの色を映して手がぱっと明るくなった。

「よくお似合いです」

ああ、なんてきれいなんだろうと、サトコはうっとりした。もうこれだけで何もいらないとさえ思った。サイズもこの指輪が自分を待っていたかのように、ぴったりだ。

「カードでお支払いでございますか」

という店員さんの問いに、

「いえ、現金で」

と返事をして、お金を渡した。周囲にはカップルも大勢やってきていて、ショーケースをのぞき込んでいた。そのなかで一人だけでやってきている女性がいた。彼女が客にまぎれながら、サトコを見つめていることに、サトコは気がついていなかった。

まるで堰《せき》を切ったように、サトコは短期間に物を買いまくり、封筒のお金も残り少なくなった。でもそのかわり、毎日がとても楽しかった。新しく買った服やバッグや靴を、以前から持っている服と組み合わせて身につけた。もう欲しい物はない。会社から帰ってきて、指輪を取り出して眺めるのも大きな楽しみだった。

「これは神様がくれた贈りものだ」

とサトコはあらためてうなずいた。

「ピンポーン」

チャイムが鳴った。本当に何度もやってきて、せっかちな新聞勧誘員だわとつぶやきながら、サトコはドアスコープを覗《のぞ》いた。女性が立っている。

「はい」

首をかしげながらドアを開けた。

「何か……」

「あたしのこと、覚えてなあい？」

女性はサトコの前に顔をつき出した。最初はわからなかったが、服を見てサトコは息を飲んだ。あのとき、トイレに入ってきた女性だ。

「覚えてないわけ、ないわよねえ」

「え、ええ、ああ……」

「いいわよね、本当に」

「な、何がですか」

「ふふん」

彼女は肩で笑った。顔色が悪い。そしてドスのきいた声で、

「あたし、みーんな知ってんのよ」

とサトコの耳元でささやいた。地味な外見からは、想像もできないくらい、恐しい声だ。

「えっ……」

「あんた、あそこにあったお金、取ったでしょ」

「取ったって……。そんな……」

「だって、使ったじゃない。しらばっくれるんだったら、教えてあげようか」

彼女はお金を手に入れてから、サトコがどこで何を食べ、何を買ったか、すべて知っていた。

「それだけあんたは使い込んだのよ」

「使い込んだなんて……」

「ああ、そう。じゃあ、あれは、あんたのお金だったんだ」

サトコはその場に凍りついた。

「どうして、どうして、こんなことするんですか」

震える声でサトコは聞いた。

「どうしてって、そりゃあ、悔しいじゃないの。最初にあの封筒を見つけたのはあたしだもん」

「そんな……」

「あたしがトイレに入って、あれを見つけたの。そのときはどうしようかって思ったんだけど、やっぱりお金はいるからさ。でも戻ってみたら、もうなかったってことよ」

「だからって、私が取ったっていう証拠は……」

「あたし、見てたの。あたしが出てから戻るまで、トイレに入ったのは、あんただけよ」

彼女は腕を組んでじーっとサトコを見つめた。

「お金はあなたの物じゃないじゃないですか」

サトコはそういい放った。

「開き直ったわね」

彼女は口をゆがめて笑った。

「よくそんなことがいえるわね。あんたが警察にも届けずに、お金を使い込んだのは事実なのよ。この泥棒」

「……」

二人は黙ったまま、その場に立ちつくした。隣りの女子学生が帰ってきて、不審そうに二人を眺め、部屋に入っていった。

「何が、目的なんですか」

サトコは小声でいった。

「お金に決まってるじゃない。半分で許してあげるからさ」

「半分？」

「黙っててあげるから、あたしにも分け前をちょうだいよ。二、三分違っただけで、あんただけ、こんなにいい思いができるなんて、ずるいよ」

「あなた、誰なんですか」

サトコはどうしていいかわからなくなって、頭から声を出した。

「誰だっていいじゃない。あたしはあんたのことを知ってるけど、あんたはあたしのことなんか知らなくていいんだよ」

サトコはひどく後悔した。

「半分なんて。ありません」

「そりゃ、ないよね。あれだけ使っちゃったんだから。でも、だめ」

「困ります」

蚊のなくような声でサトコはいった。

「あさって来るわ。そのときには必ずよ。もしだめだったら、こうなるから」

女は目の前で紙をひらひらさせた。そこにはワープロで、ここの住所とサトコの名前が書いてあり、ショッピングセンターのトイレで金を取って、それを使い込んだと書いてあった。

「これをばらまいてあげるわ」

女は笑いながら帰っていった。サトコは吐き気を催した。いくら後悔しても、後悔したりなかった。定期を解約すれば、なんとかなる。しかしあの女がそれで満足するとは、思えなかった。

翌日、アパートを出ようとすると、ドアの前にあの女が立っていた。

「いってらっしゃーい」

サトコにむかって口をゆがめて笑い、手を振った。涙が出そうになった。会社でも仕事が手につかない。アパートには帰りたくないが、他に行くところがない。相談できる人もいない。仕事を終え、駅からアパートまで風に肩をすくめて歩いていると、後ろからぴったりくっついてくる人の気配がする。はっとして振り返ると、目を見開き、サトコをにらみつけながら早足でやってくる女がいる。目が合うとにやっと笑った。

（あの女だ）

サトコは思わず駆け出した。走りながら振り返ると、女はものすごい形相に変わっていた。逃げても逃げても彼女は目をつり上げて追いかけてくる。

「どうして、どうして、こんな目に遭わなきゃならないの」

サトコは顔色の悪い女に追われながら、暗くて寒い道を、ただただ一目散に走り続けた。

新居

アキラとトモコの若夫婦が、新婚の新居としてその一軒家を見つけたのは、とてもラッキーだった。アキラは三十二歳、トモコは三十歳である。新居を探す段になって、双方の両親からは、「今は金利も安くなっているし、マンションを買ったほうがいいのではないか。頭金くらいは出してやる」といわれた。それを聞いた二人は、ぐらっと心が動いたが、相談した結果、申し出を断った。今は二人で働いているからいいが、何かあって一人の収入で生活することになったとき、ローンの支払いが不安だし、無理のない範囲で物件を探すと、都内の勤務地からとても離れてしまい、通勤に二時間程かかる。

「今の世の中、いつリストラされるかわからないし。賃貸のほうが気楽でいいよね」

二人はそういう結論を出した。アキラの両親は、

「結婚をしたのに、夫としての自覚がないんじゃないの」

と息子をなじり、トモコの両親も、

「そんなちゃらんぽらんなことでいいの。新しい家庭を作るということは、しっかりと社会に根を張るということだから」

と娘に説教をした。

たしかに何十年ものローンを払えば、自分の持ち物になるんだろうが、

「それがいったい、どうした」

といいたくなる。トモコの会社でも三十年ローンを抱え、遠距離をふうふういいながら通っている人がいた。子供が五人もできてしまい、お父さんである彼は、まだ三十代後半だというのに頭髪は薄くなり、背中も曲がり、ものすごく老《ふ》けている。残業で遅くなると、へたに帰るよりも、会社に泊まったほうが便利だというので、仮眠室に週のうちほとんど泊まっている。家に帰るのは週末だけだ。残業をしていないときも、仮眠室に泊まっているという噂《うわさ》もあった。家族が多いので自宅でも自分の部屋などはなく、仮眠室がマイルーム状態になっていた。

「あれは彼のために作ったような施設よ。他の男の人たちが、『仮眠室には彼の匂《にお》いが充満していて、どうも泊まりにくい』っていってたもの」

同じような人がアキラの会社にもいた。いたというよりも、サラリーマンとしては

そういう人がほとんどのはずだ。しかし二人はそんな生活は嫌だった。

夫婦は都内の賃貸物件を探し回った。第一希望は古い木造の一軒家だった。事態は難航した。望み通りの物件がないのである。不動産屋でのっけから、

「そんなのないよ」

といわれたり、

「うちはスタイリッシュな物件ばかりですから」

とせせら笑われたり、物件探しは困難をきわめた。

「あるにはあるけど……」

といわれ、喜び勇んで見にいったら、大きな物置だったこともあった。

休日のたびに不動産屋をまわった総数は、二十数軒にもなった。

「やっぱり物件がないのかもしれないわ」

トモコはちょっと弱気になった。

「あきらめるな。どこかに必ずある」

「どこかに必ずっていったって、どこよ」

「それがわかったら苦労しないよ」

「知りたーい。何だか疲れちゃった」

トモコがぐずるので、仕方なく二人はコーヒーショップに入り、手頃な値段のコーヒーをすすってはため息をついた。

「マンションでもいいじゃない」

ぽつりとトモコがいった。

「うーん」

アキラは不満そうだ。

「それじゃなかったら、木造のアパートでも」

「うーん」

こういうことになると、アキラは融通がきかなかった。ほとんど家に対してはマニアに近いものがあった。

「ないと思うから、嫌になるんだ。あると信じればいいんだよ。さ、行こう」

まだ座っていたい彼女をうながして、アキラは外に出た。たしかにそのいったいには、古い木造住宅がたくさん立ち並んでいた。しかしそこには人が住んでいるか、敷地に縄が張られて建て替えを待っているようだった。商店街の端っこに、古びた不動産屋があった。入り口も木枠の引き戸である。店のたたずまいを見ただけで、アキラは喜んでいる。

「こんにちは」

彼が明るく入っていくと、店の奥で新聞を読んでいた、頭の側面だけに毛があるおじさんが、眼鏡ごしに二人を見た。

「はい、いらっしゃいませ」

おじさんは少しおぼつかない足取りで、事務机の前に座った。

「どうぞ」

勧められるまま、彼と向かい合わせに二人は座った。自分たちの望んでいる物件をアキラがいうと、おじさんは、

「ふーむ」

といいながら、台帳をめくった。

「家の離れをね、貸していたお宅があったんだけど、しばらく人はいれないでくれっていわれてたんだよね。そこは、お宅たちの条件にぴったりだと思うよ」

「本当ですか」

アキラはトモコのほうを見て、にこっと笑った。

「でもねえ、貸してくれるかわからないよ。これぱっかりは大家さんの都合だからねえ」

「申し訳ないんですが、大家さんに聞いてもらえませんか。僕たち、ずっと探しているんですけど、物件自体にあたらなくて」

熱心なアキラの横で、トモコはただ座っているだけだった。

「今、電話をしてあげるから」

アキラは膝《ひざ》の上で手を握りしめながら、話が終わるのを待っていた。

おじさんが受話器の口に手でふたをして、

「大家さんが、申し訳ないけど、借りたいっていう方を見て決めたいっていうんだよ。それでもいいかな」

といった。

「はい、もちろんです！」

アキラは背筋を伸ばした。話がつき、おじさんと一緒に物件を見せてもらうことになった。現地までは徒歩である。十分くらい歩くと、おじさんが、

「あそこだよ、ほら大きな杉の木が見えるでしょ」

と指を差した。まるで森のように、木が鬱蒼《うっそう》と繁《しげ》った一角がある。

「いいじゃないですか」

アキラの目は輝いている。そして建物の前に立ったとき、彼の両目はハート型にな

っていた。広い敷地の門の正面には、木造で三角屋根の大きな洋館が立っている。その左隣に木造の平屋があった。木製のドアに窓も木枠だ。

「大家さんの家もいいですねえ」

アキラの声はうわずっていた。洋館の中から出てきたのは、細身で白髪の品のいい老婦人だった。カシミアのセーターにチェックのプリーツスカートを穿《は》き、細いパールのネックレスをしていた。

「前に住んでいた方が半年前に出られたきり、何も手入れをしていないので」

と小さな声で遠慮がちにいった。ともかく中を見てからということになり、鍵《かぎ》を借りて室内に入った。蜘蛛《くも》の巣が張り、ほこりが積もっている。

「靴のままでいいから」

おじさんは小声でいった。アキラは室内をきょろきょろと見回しながら、

「わあ」

と声を上げた。靴ぬぎ場の横にある木製の下駄箱、廊下、八畳がひとつと六畳がふたつ。縁側もある。風呂《ふろ》場《ば》は手を入れたらしく、浴槽も洗い場もタイル張りになっている。トイレは男性用の小便器と、木製のドアを隔てて和式の水洗があり、中にはキュッとつまみをゆるめると水が出る、手洗い場が作られていた。

「ああ、これ、これ」

アキラは欲しい玩具《おもちゃ》を見つけたかのように、興奮していた。

「造りはしっかりしてるけど、周りに木が多いからね、ちょっと暗いかな」

「いいえ、そんなこと。環境は抜群ですよ。ね、いいよね、いいよね」

アキラはトモコに同意を求めた。彼女はトイレが和式ということがひっかかったが、やっと望みの物件に出会い、内心、ほっとしていた。

「気に入りましたっ」

アキラは胸を張った。おじさんは、

「ああそう、じゃあ、話をすすめよう」

三人は母屋《おもや》に戻って老婦人に挨拶《あいさつ》をし、店に戻った。

「大家さんはお一人でお住まいなんですか」

トモコがたずねるとおじさんは、

「さあ、どうなのかなあ……」

とはっきりしたことをいわなかった。しかしそんなことはどうでもよかった。二人は努力の結果、やっと念願の家を見つけたのである。老婦人からは、家賃は銀行振込にすること、不都合があったら不動産屋を通すこと、家賃は安くするので、できれば

てのんだ。

掃除は自分たちでやってくれれば助かるという条件が出された。二人はそれをすべ
「お年寄りだからね、あれこれいうと負担みたいだから」

おじさんは書類を作りながらつぶやいた。

それからの週末は、二人は新居の掃除に追われた。しかしアキラが頭にタオルを巻き、鼻歌まじりで、うれしそうに蜘蛛の巣を払ったり、拭《ふ》き掃除をしたりと、率先してやってくれるので、トモコは楽だった。部屋がきれいになると、今度は家具の準備である。トモコの両親は、新居だし家具を買ってあげるといったのだが、アキラのなじみのアンティークショップに家具を頼んでいた。彼はそれまでにもガラスがはまった観音開きの大きな本棚や、電話台などを使っていて、

「タンスも買わなくちゃ。食事はやっぱりちゃぶ台かな」

とはしゃいでいた。ソファを置きたいというトモコの訴えは、保留とされた。ほとんどアキラはインテリアのことで頭がいっぱいになっているようであった。そして畳換えをしてもらうときには、へりにはキンキラの布ではなく、昔ながらの無地にしてくれないかと、不動産屋に念を押す始末であった。

引っ越し当日、アキラの友人二人に荷物を運び入れてもらっている間、二人は大家

さんに手みやげを持って挨拶に行った。出てきたのはこの間の老婦人だった。

「若い方がそばにいると安心ですわ。よろしくお願いします」

と丁寧に頭を下げた。何かしら雑談でもするのかと思っていたら、彼女は、一方的に、

「では、御免くださいませ」

といってドアを閉めようとした。二人はあわてて母屋を出た。

「急いでるふうだったわね」

「用事でもあったんじゃないか。電話がかかってきてるとかさ」

「ああ、そうか」

二人は借りたトラックから荷物を運び、トモコは台所関係を中心に、アキラは総指揮といった具合で、てきぱきと引っ越しを済ませた。彼の気に入った古い家具ばかりで整えられた室内は、まるで小津安二郎《おづやすじろう》の映画のようだった。

「渋いなあ」

友人の一人はつぶやいた。

「今時、こんなところに住んでいる奴《やつ》なんていないぞ」

「だから苦労したっていったじゃないか。本当に運がよかったのさ、おれたちは」

アキラは得意気にいった。

「冬は寒いぞ。どうするんだ」

「そうだよ。マンションだったら、部屋の中にガスストーブ用のコックがあったりするけど、ここは何もないじゃん」

「石油ストーブを使うからいいの。コタツも火鉢もあるし」

アキラはアンティークショップで火鉢を三個も調達していたのである。

「それは失礼しました。おれたち、冬以外に遊びにくるよ」──

トモコはそんな会話を台所で聞いていた。いちおうはステンレスになっていたが、古びている。木製の棚が作りつけになっていて、そこに夫婦の持ってきた食器はすべて収まった。

「いいねえ。これで家賃が十万なんて信じられないよ」

どこを見てもアキラは、「いいねえ」を連発していた。そしてその夜は、商店街の鮨屋《すしや》で鮨を食べ酒を飲み、一同、上機嫌で解散した。

二つの六畳を夫婦はそれぞれの部屋にした。トモコの部屋はベッド。アキラの部屋は布団《ふとん》で、布団干しは自分でやるようにと、彼はトモコからいい渡されていた。風呂から上がった彼女は、自室で荷物の整理をしているアキラに、

「おやすみ」

と声をかけた。寝る前に不安になり、何度も何度も自室の鍵を点検した。もとは雨戸があったのだが、それは取り外されていた。そのかわりに、新しい鍵が二つずつと、カーテンレールが付けられていた。レースのカーテンごしには、母屋のそこだけでっぱったような形になっている部屋に明かりがついているのが見える。それを見て、少し安心してトモコはベッドに入った。

月曜日、新居からはじめて出勤する日である。二人とも会社までは四十分足らずだった。とても天気がいい日だったので、トモコはぱーっとカーテンを開けた。母屋の窓という窓にはカーテンが厚く引かれていて、中の様子は全くわからなかったが、例のでっぱった部屋の窓におでこを押しつけるようにして、四角い顔のひっつめ髪の老女がこちらを見ていた。トモコがとまどいながら会釈《えしゃく》をしても、何の反応もない。トモコは不動産屋のおじさんが、大家さんについていい淀《よど》んでいたことを思い出した。老人だけの所帯といっていたから、病身の老女が同居しているのだろう。トモコはちゃぶ台で、トーストと目玉焼きとコーヒーの簡単な朝食を食べているときに、老女の話をした。

「私が挨拶をしても、反応がないの。もしかしたら気がつかなかったのかもしれないけど」

「大家さんも大変だな。あの年でそういう人を抱えてたら」

彼は出がけに八畳とトモコの部屋から、でっぱった部屋をちょっとのぞいてみたが、老女の姿はなかった。

それからトモコは、朝起きるとつい母屋を見る習慣がついた。窓ガラスにおでこを押しつけて老女が見ている。口を真一文字に結んでいる。会釈をしても反応がないのは同じだった。よく見るとカーテンがないのではなかった。ぼろぼろになって、汚れ破れている布きれが、端っこにぶら下がっているのが見えた。病人の部屋にしては気遣いが足らないように思えた。最初はどきっとしたものの、毎日、老女の顔を見ているうちに、トモコは慣れっこになってしまった。彼女が寝るときも老女の部屋の電気はついたままだった。もしかしたら一日中、つけっぱなしなのかもしれない。が、それも泥棒よけの安全灯のような気分でいた。

二月《ふたつき》ほどたったある夜、トモコは同僚と軽く食事をして、八時過ぎに家に帰った。明かりがついていない家に帰るのは淋《さみ》しいので、玄関先のスズランの花のような形の電灯がつくようにしていく。これだけでも気分が違うものだ。その日は雨続きのあとの晴天で、トモコはカーテンを閉めずに出かけた。母屋は老女の部屋しか電気がついておらず、どうせ見えないからいいやと、彼女は自室の電気をつけて着替えをはじめた。ジャケットを脱ぎ、中の薄手のセーターを脱ごうとしたその瞬間、ちょっと気になってふと外を見ると、母屋にいるはずの老女が、ガラス戸におでこを押しつけるようにして、トモコの部屋をのぞいていた。

「きゃあ」

思わず声を上げて、トモコはとびのき、廊下に避難した。あまり驚くのも失礼だと、そこで気持ちを落ち着かせて、そーっと自室をのぞいてみた。さっきと同じ表情で老女はへばりついている。トモコはそーっと外に出て、母屋のドアを何度もノックし、チャイムも鳴らしたが、老婦人はいない様子だった。

「ドアに鍵がかかっているのに。どうして外に出ちゃったのかしら」

トモコは外からおそるおそる老女に近づいていった。老女は縁側にぺったりと座ったまま、誰もいない室内をのぞき込んでいる。

「あのう、あの……すみません」

震える声で声をかけると、老女はゆっくりと振り返った。あちらこちらが破れたセーターに、膝の抜けた、だぶだぶの男物のグレーのズボンを穿いていた。すえたような臭《にお》いが漂っている。

「あのう、どうなさったんですか。いつもほら、あそこの部屋にいらっしゃいますよね」

トモコはでっぱった部屋を指さした。老女は表情を変えずに黙っている。

「寒いですから、中に入らないと」

そういいながら、トモコは自分の家に入れるのも困るし、母屋は誰もいないし、いったいどうしたらいいのだろうと、頭の中が真っ白になっていた。

すると老女は、突然、ぐいっとトモコの手首を摑《つか》み、よろけながら母屋のほうへ連れていこうとした。とっさのことで声も出せず、トモコは彼女にされるがままになっていた。老女はズボンのポケットから鍵を取り出して、古びた鍵穴に突っ込み、がちゃがちゃと音をたてて鍵を開けた。はじめて入る母屋の室内は、美しくしつらえられてあった。玄関横には応接間があり、風景画が壁にかけられ、いかにもあの老婦人好みの、猫足の大きなソファとテーブルが置かれていた。老女はひとつのドアを開け、躊躇《ちゅうちょ》しているトモコの背中をぐいと押した。窓から自分の部屋が見える。そこはいつもトモコが見てしまう、でっぱった部屋だった。トモコの鼻の穴にすごい臭いがとびこんできた。物が腐ったような焦げたような、とにかく変な臭いを全部いっしょくたにしたような臭いだ。広さは四畳半ほどだろうか。しかし山のように衣類やごみがた

まっていて、はっきりいって元の広さはわからなかった。吐き気を覚えながらドアによりかかっているトモコに、老女は、

「ずっとここに閉じこめられているんだ。ここに」

と暗くて低い声でいった。ベッドの掛布団も毛布も汚れ放題、カーテンもぼろぼろで用を為《な》していない。足元にはカップラーメンや焼きそば、ソースがこびりつき腐っているトレイなどが散乱している。いちばん驚いたのは、プラスチックの風呂桶《ふろおけ》がトイレ代わりになっていることで、それを目の当《ま》たりにしたトモコは思わず口を押さえて、目をそむけた。

「あの女、私をこの部屋に閉じこめて、殺そうとしているんだ。昨日、やっとこの部屋の鍵《かぎ》をこれで開けてね。玄関の合い鍵の場所を見つけた」

そういいながら老女は、太い針金を見せた。たしかに先は曲がっている。

「殺すって、大家さんがですか」

「大家さんじゃない！　大家は私だ。あんたたちが住んでいる家は、私のもんだ！」

老女は怒鳴った。

「あ、はあ」

トモコは後ずさりした。

「あの女、私のだんなも兄も殺した。薬品関係の仕事をしていたから、そっちの方面には詳しいんだ。次にやられるのは私だ。確実にやられる。あの女は、毎日、インスタント食品を、ドアを開けて投げ込むんだ。私は電熱器で湯を沸かして食べる。こんなことをずっとやってたら、体がやられた」

老女はズボンをまくって、むくんだふくらはぎを指で押して見せた。へこんだまま、なかなか元に戻らない。

「前に離れに住んでた人たちは、あの女に私を殺してくれって頼まれて、びっくりして逃げていったんだよ」

老女は目を光らせた。トモコは体の震えが止まらず、

「とにかく失礼します」

と出ていこうとした。すると老女は彼女にすがりつき、

「ね、殺して、殺して、お願いだから」

と何度も耳元でささやいた。

「ひええ、誰をですか」

「あの女だ。あいつに決まっているだろ」

「そ、そんなことできません。やっと外に出られるようになったんでしょう。そうだ、

じゃあ、これから一緒に警察に……」

「警察？　やだね。私は自分の手であの女に復讐《ふくしゅう》したいんだ。外に出られないふりをして、殺せる時を待っているんだ。でも私も年をとったし。ね、これが最後なんだよ。頼むよ、殺しておくれよ」

すがりつく老女をふりきって、トモコは玄関までの廊下を走った。老女は這《は》うようにして追いかけてきた。

「あんたたちの家の風呂場の下に、だんなと兄が眠ってる。私の話が嘘《うそ》だと思ったら、あの女に、風呂場を直していいかって聞いてみな」

老女はトモコの背中めがけて怒鳴り、ドアをバタンと閉めてしまった。

トモコはあまりのことに、泣きながら家に帰り、家中の鍵、カーテンというカーテンをみんな閉めた。

「早く帰ってきてよお」

トモコはずっと泣いていた。

深夜、帰ってきたアキラに、トモコは帰ってからの出来事を訴えた。

「お前、酒を飲んで幻覚でも見たんじゃないのか。そんなことあるわけないじゃないか」

「本当なのよう」

　泣きじゃくる妻を見て、最初は笑いとばしていたアキラも、真顔になってきた。彼はそーっとカーテンを開け、老女の部屋の様子をうかがった。

「おい、こっちを見てるよ」

「やだあ、やだあ」

　トモコは身をよじって泣いた。

「こんな家、いや」

「ちょっと待てよ。もしかしたら、全部、嘘かもしれないじゃないか。こういっちゃ悪いけど、あのお婆《ばあ》さんの頭の中で、作り話が本当になってるっていう可能性もあるじゃないか。だいたい逃げようと思えばいくらだって逃げられるんだぜ。それをしないのって、おかしくないか」

「だから復讐のためだって……」

「ちょっと待って。試しに風呂場のことを聞いてみればいいじゃないか。それでわかるだろ」

「やだ、もうそんなこと聞きたくない」

「あるわけないって。おれはお婆さんの作り話だと思うなあ」

「またうちに来たらどうするのよ」

トモコはしゃくりあげながら聞いた。

「今日はたまたまだよ。そういう人だってわかったら、しょうがないじゃないか。いろいろな人が世の中にはいるんだし」

今すぐにでも引っ越したいトモコと違い、アキラはなんとかしてここに住み続けようとしているようだった。その夜、彼女はぐすぐすと泣きながら、夫の布団《ふとん》の中で一緒に寝た。

それからトモコの部屋のカーテンはずっと閉められたままだった。開けなければならないときも、決して母屋《おもや》のほうを見ようとはしなかった。土曜日の日中、二人で商店街で買い物をしていると、向こうから老婦人がやってきた。

「こんにちは」

と挨拶《あいさつ》をすると、

「あ、こんにちは」

とつぶやいて目を伏せ、小走りに立ち去ろうとした。

「大家さん」

アキラが明るく声をかけた。びっくりした顔で老婦人は顔を上げた。

「あのう、風呂場のことなんですけど」

そういったとたん、さっと彼女の顔色が変わった。トモコはぎくっとした。

「風呂場の浴槽もタイルだと、ちょっと寒いので、お金はこっちで出しますから、別の浴槽にしてもいいですか。掘り返したり、工事が必要になると思うんですが」

そのとたん、彼女は、

「どうしてそんな必要があるの？　ちゃんと中を見て決めたんでしょ。そんなこと、してもらっては困ります。気に入らないんだったら、出て行って下さって結構よ」

と血相を変えて早口でまくしたて、足早に去っていった。

二人は彼女の後ろ姿を呆然《ぼうぜん》と眺めていた。

「変よ、変だよう」

トモコはアキラの上着の袖《そで》を引っ張りながら、すでに半泣きになっている。彼も無言だ。老婦人があんな態度になるとは、想像もしていなかった。

「まさか、そんな……」

「だって、お婆さんがいった通りだったじゃない。絶対におかしいよ。やだ、家に帰りたくない」

「本当かなあ」

「だって……」

「警察に行ったほうがいいかな」

「それよりも早く引っ越したい。警察に行くのはそれからにしようよ。ね、お願いだから引っ越して。あんなところを見せられたら、いくらあなたが気に入っていても、私はいや」

アキラも薄気味悪くなってきた。いくらあの家が好きでも、こういうことがあると、住み続けるのは躊躇《ちゅうちょ》した。

「わかった」

二人はその足で、家を斡旋《あっせん》してくれた不動産屋に行き、急に転勤が決まって、引っ越すことになったと嘘をついた。

「ああそう、実は前の人も何だか半年足らずで引っ越しちゃったんだよね。店子《たなこ》がいつかない家なんだよ」

おじさんはつぶやいた。

それから二人は、ごくごく普通の賃貸マンションを探し、ひと月後に引っ越すことにした。その間、風呂場は一切使わず、二人は銭湯に通い、ひとつの部屋で身を寄せ合って寝ていた。老女は悪臭が充満したでっぱった部屋から、毎日、二人の様子を監視していた。

「この家、売りに出てたら買ってたでしょ」

「ああ」

「それで、もしこんなことになったら、泣くに泣けないよね」

「そうだな」

「不幸中の幸い……なのかなあ」

「これで幸いか。勘弁してくれよ」

やっと引っ越し当日を迎えた。速攻で二人は荷物をトラックに積み、鍵を老婦人に返した。

「ありがとうございました」

彼女はていねいに頭を下げ、バタンと大きな音をたててドアを閉めた。二人は顔を見合わせて、ため息をついた。そしておそるおそる老女が閉じこめられているという部屋を見ると、彼女はおでこを窓ガラスに押しつけるようにして、いつまでもいつまでも、怒ったような顔で、二人をにらみつけていた。

新聞で老婦人が住んでいる家が全焼したことを知ったのは、一週間後だった。風が強い日で火の回りが早く、手がつけられない状態だった。焼け跡からは二人の焼死体が発見されたという。

「復讐……、したのかな」

アキラはぽつりといった。トモコは何もいうことができず、あの家でのことは、とにかく早く忘れてしまおうと思った。

レンタル妻

　オオタカトシゾウ四十五歳は、会社帰りにいつものように近所の弁当屋でいちばん安い海苔《のり》弁当と、味噌汁《みそしる》を買い、アパートに帰った。朝、部屋を出たときと同じく、掛布団《かけぶとん》はもっこりと盛り上がり、座卓の上にはコーヒーのしずくが垂れたあとが残っているカップと、パンくずが散らかっている。流しには昨晩食べたコンビニのカレーの器やスプーンが、汚れたままほったらかしにしてある。座卓が置いてある四畳半のテレビの上にはほこりがつもっているし、客が来るわけではないのに、五客の座布団が積んであるが、それもほこりにまみれている。下着、靴下が小物干しにぶら下がったままになっている。洗濯物を干して乾いたら、またそこから取って身につけるので、タンスにたたんで入れるということはない。雨が降っても晴れていても、永遠に洗濯物は部屋の中にぶら下がっているのである。

「家っていうよりも、巣っていう感じだな」

トシゾウはつぶやき、座卓の前に座り直し、弁当を袋から取り出して食べはじめた。

彼はこれまでずっと独身を続けていた。独身主義ではなく、彼は結婚したいタイプの男性であった。今の状態は彼にとってとても不本意なのだ。父親を幼いときに、母親を大学生のときに亡《な》くして、彼は一人になった。親類はいるけれど、葬式のときに顔を合わせたくらいで、交流は全くない。彼は結婚に関して、自分の親がいないことは、不幸であるかもしれないが、別の意味では利点になると考えていた。まず結婚していちばん夫が悩まされる、嫁と姑《しゅうとめ》の問題が起こらない。友だちのなかには、母親がべったりとくっついている男性もいて、

「あんな奴《やつ》が結婚するときは、さぞかし大変だろう。それに比べたらおれなんか身軽で、楽なもんだ」

と思っていた。彼に比べて自分は条件として、一歩リードしていると考えていた。

ところが、トシゾウよりも彼のほうが先に結婚した。すぐに別れるぞと期待していたのに、ずっと仲良く暮らしている。非常にトシゾウは不愉快であった。

トシゾウは女性の好みにうるさく、自分にとても自信を持っていた。彼の好みは派手な美人である。彼自身は一般的にいって不細工なのに、本人だけはハンサムだとうぬぼれていた。とにかく世の中で自分がいちばん頭がよく、ハンサムであると信じき

っていて、それが出るのか、いつも人を小馬鹿《こばか》にしている表情で、周囲の人を不愉快にさせていた。学生のときも、女子学生たちから、

「どうしてあの人、あんなに自信満々なの？　信じられない」

と噂《うわさ》されていたのに、それに気がつかないのだった。

そういう確固たる意思に貫かれている彼は、学生時代にも美人にアタックを続けては玉砕していた。また女子大の文化祭にはかかさず顔を出し、ここでもアタックをして玉砕。玉砕ならばまだいいが、毎年、懲《こ》りずに顔を出すので学生たちに顔を覚えられ、

「また、来た」

と嫌がられていた。しかし彼はそんなことは知る由《よし》もなかった。

学生時代に恋愛が実らなかったトシゾウは、就職した先の会社に希望を持った。ところが会社にいるのは、地味でおとなしい女性ばっかりだった。いくら結婚したいからといっても、自分の好みを変えることは彼にはできない。何かといえば、高飛車な物言いをし、同僚を小馬鹿にする態度の彼には、友だちもいない。しかし蓼《たで》喰う虫も好きずきで、そんな彼に思いを寄せる女性もいた。同僚が、

「あの子、お前のことを好きらしいぞ」

というと、トシゾウは、

「ふん、好みじゃないね、あんな子」

といい放ち、ますます社内で嫌われることになった。

そのうえ彼はケチだった。奢《おご》ってもらえるような席には率先して出席するが、割り勘と予想されるような場には、ほとんど出てこない。彼はとにかく貯蓄の鬼となっていた。週刊誌の女性が結婚に望むことというアンケートで、姑と同居ではないこと、経済的な余裕があること、というのが上位にランキングされているのを読んだからだった。それまでは煙草《たばこ》を吸っていたが、それもやめた。トンカツ弁当を食べていたのを、海苔弁当に変えた。とにかく貯蓄を増やすことだけを彼は考えていた。彼のいちばんの宝物は、三千万円の残高がある通帳であった。

同僚には黙っていたが、お見合いパーティにはこまめに参加をしていた。モデル、スチュワーデス多数参加というふれこみのパーティには特に気合いが入ったが、うまくいかなかった。トシゾウはまず出席している男性たちの品定めをする。

「ふん、ちょろいな」

とほくそ笑み、ネクタイをぎゅっと締め直して、気取って会場を歩くものの、彼に目をとめる女性は一人もいない。トシゾウが気に入る女性はライバルが多く、ライバルが多いほど彼は燃えるのであるが、がんばればがんばるほど、女性は嫌な顔をした。しかしそれがトシゾウにはわからないのであった。あるときは彼が目をつけた女性が、別の男性とカップルが成立したのにあきらめきれず、二人のあとをくっついてまわり、相手の男性から殴られそうになったこともあった。

何十回ものお見合いパーティに参加したにもかかわらず、全く実りがない。皆勤賞で参加し続け、四十歳を過ぎてしまった彼のところへ、「中高年者向けパーティ」の案内が来た。それを見たトシゾウは激怒して、思わず主催者に電話をかけてしまった。するとも相手はたじろぎもせず、

「女医さん、モデルの方、スチュワーデス、秘書など、おきれいな方が多いですよ。やはりお若い方がよろしいのでしょうか」

といった。

「美人だったら三十歳を過ぎていてもいいです」

トシゾウの機嫌はちょっと直り、行ってみようかという気になった。ところが会場に足を運ぶと、主催者の言葉とは裏腹に、善良なおじさんとおばさんの社交場になっていた。

（騙《だま》された！）

女医、モデル、スチュワーデスらしき姿は皆無で、トシゾウの姉といいたくなるような人ばかりであった。

「金を返せ」

ケチな彼は主催者ににじり寄った。

「申し訳ございません。今回はちょっとそういう方々のご参加がなくて。それでは、オオタカ様には特別に、ご案内を……」

そういって彼は、別のお見合いパーティの案内をくれた。

「これは特別な方だけのパーティになっております。男性の方もお医者さま、大学の先生、実業家の方などがほとんどでございます。女性の方々も、それに見合うような方ばかりで……」

トシゾウはひったくるようにパンフレットを奪い取り、すぐその場で申込金を支払った。

彼はその特別なパーティに命をかけていた。話どおり、出席していた女性たちは彼の好みの女性たちばかりであった。彼の目はくらみ、

「ああっ、これならばどの人でもいいっ」

とよだれが出そうになってきた。ところが彼はその気になっていたが、女性たちは

彼に関心を全く持たなかった。彼が勤務している会社名をいうと、首をかしげて去っていく。ここで何とかしなければとあせった彼は、

「おれには三千万円の貯金があります」

と自慢し続け、彼女たちの失笑をかった。深く傷ついた彼は、

「こんなパーティなんか金の無駄だ」

と怒り、それ以来、参加しなくなったのである。

だからといって、彼が結婚をあきらめたわけではない。しかし好みの女性のタイプは曲げられなかった。会社の上司も独身女性のスナップ写真を見せてくれたりと、あれこれ世話を焼いてくれたが、どの女性も彼にとっては今ひとつであった。

(これだけ待ったのに、どうして今さらこんな女と)

彼の自分に対する自信はゆらぐことはなかった。

どうして自分が女性に好かれないのか、彼は不思議でならなかった。会社の知名度はないかもしれないが、貯金はあるし男前だ。安アパートに住んでいるのも、結婚が決まったら、家を買う計画をたてているからだ。相手の女性も貯金を持っているだろうから、それを足して頭金にして、より大きな家を買おうと、ケチなトシゾウは目論《もくろ》んでいたのである。

テレビをつけ、彼はがつがつと海苔弁当と味噌汁を食べはじめた。あっという間に食べ終わった。

「面倒くさいなあ」

彼は立ち上がって湯をわかし、ティーバッグの日本茶をいれた。箸《はし》袋の中に入っている爪楊枝《つまようじ》で歯の間を掃除しながら、お茶を飲む。テレビではリストラされてしまった夫が、アルバイトをしてがんばっている若夫婦を紹介していた。

「ぶっさいくだなあ、この女房。よくこんなのと結婚する気になったもんだ」

トシゾウはごろりと横になって、画面に向かっていった。

「こんな女のために働かなきゃならなくなったら、おれだったらとっくに逃げちゃうね。おまけに子供が女房そっくり。おいおい、女の子なのか。勘弁してくれよ」

彼はひゃっひゃっひゃっとうれしそうに笑った。画面では夫婦がお互いを思いやりながら、涙を流していた。

「泣いてるよ、おい。何で泣く？　わからんなあ」

トシゾウは首をかしげた。

「よくあの程度の女房で我慢してるなあ。毎日、あんな顔を見て、気分が悪くならないのか」

けけけと笑ったあと、彼はずずっと茶をすすった。こんな夫婦なんか、ちっともうらやましくなんかないと思った。

そのとき、ことりと音がして、玄関のドアに取り付けてある新聞受けに、何か物が入った気配があった。

「裏ビデオのチラシか？」

彼は新聞受けを開けた。中から封筒がこぼれ落ちた。中を開けてみると、便利屋のチラシだった。家具、道具レンタルなどとあるあとに、

「人材派遣、会社用はもちろん、当社だけの家族レンタルも行っております」

と書いてあった。

「家族レンタルって何だ？」

トシゾウは首をかしげた。家族レンタルとは家族を貸すということか。

「ふーむ」

彼は部屋の中を見渡した。便利屋の会社は最寄り駅の隣の駅のそばにある。トシゾウはそのチラシから目が離せなくなっていた。

会社の帰り道、彼は冷やかし半分で便利屋に寄ってみた。古いビルの二階にその事務所はあった。中に入ると初老の男性が机の前に座っていた。学校の職員といったよ

うな感じの男性だ。

「あの、ただ、どんなものか、ちょっと聞きに来ただけなんですけど」

「はい」

彼は静かにうなずいた。

「家族レンタルのことなんですけど……」

「ああ、そうですか。それではここへどうぞ」

ただ話を聞きに来ただけというトシゾウに、男性は椅子《いす》に座るように勧めた。

「いえ、あの、相談料は……」

「いただきません」

トシゾウは安心して椅子に座った。男性は机の引き出しの中からファイルを取り出した。見出しのところに、

「祖父、祖母、夫、妻、きょうだい、子供」

などと書いてある。

「今のお子さんのなかには、おじいちゃん、おばあちゃんとふれあったことのない子がいます。このレンタルは、そういう子供たちのためにと最初ははじめたのですが、それが好評でして、次にお父さんはいないのか、お母さんも貸してもらえないかとい

うことになりまして……」

男性は表情を変えずに話した。

「今では赤ん坊を除いて、家族すべてをお貸しすることができるようになりました」

「ということは、たとえばですね、妻とか、そういう人も可能なんですか」

トシゾウはごくっとつばを飲んだ。男性はうなずいた。

「誤解なさらないで下さい。女性をお貸しするといっても、世間にあるようないかがわしいサービスを望まれると困ります。私どもの場合は、肉体の接触なしの奥さんをお貸しするということです」

「はあ、そうですか」

トシゾウはちょっとがっかりしたが、それはそうだろうなと思い直した。

「あの、年齢は……」

「妻コースをお望みですか」

「いえ、あの、望んでいるというわけではなく、どんなものかちょっと聞きたいなって」

「年齢は二十八歳から上になります」

ファイルをちらりと見て男性はいった。トシゾウがファイルをのぞき込もうとすると、ぱたんと閉じられてしまった。

「お望みを最優先して派遣いたします」

それを聞いたトシゾウは、

「妻コース、お願いします！」

と叫んでいた。

「ありがとうございます」

男性は頭を下げた。

「それではお好みの方を選んで下さい」

トシゾウの前にファイルが広げられた。そこには顔写真と全身が写った写真があった。

「おおっ」

彼は叫んだ。彼好みの美人がにっこりと微笑《ほほえ》んでいる。鈴木京香を派手にした感じといったらいいだろうか。スタイルもとてもいい。

「あの、この人は、この人は」

「ヨシコさんですね。彼女がいいですか」

「いいです、いいです、とてもいいです」

トシゾウはよだれを垂らしそうになった。

「それでは詳しくお話させていただいてよろしいですか」

男性は書類を出して、トシゾウに必要事項を書かせながら話をした。

「契約は一日でも何日でもかまいませんが、一週間に一度はお休みをいただきます。また、妻コースの場合は、夜は夕食を作りまして、食べ終わるまでお宅にいて、朝は起きられる前にお宅におうかがいするということになります。注意事項としましては、プライベートなことは一切聞かないでいただきたい。家族ということで接しますので。彼女たちもそのつもりでおりますから。必要な経費はすべてお客様のほうで持っていただいて、それとは別に、ヨシコさんの場合ですと、一日五万円ということになりますが」

「五万円?」

トシゾウの手は止まった。

「高いなあ」

ちょっとむっとした。

「ヨシコさんはこのお値段でして。お安い妻コースですと、こちらの方々になりますが」

ひと目みてトシゾウは顔をそむけた。ケチな彼にとっては、五万円は痛い。しかしあの美人のヨシコさんが、妻となって部屋の中にいてくれる。会社から帰ったら、優しく迎えてくれると思うと、やめるとはいえなくなっていた。

「じゃあ、ヨシコさんでお願いします。一日だけ」

「かしこまりました。いつになさいますか」

トシゾウは日曜日を指定した。

「それでは日曜日の早朝、お伺いいたしますが、合い鍵《かぎ》をお借りできますでしょうか。朝、起こすところから、はじめますので」

彼の胸は高鳴った。あのヨシコさんが自分を優しく起こしてくれるのだ。彼はすぐ近所の合い鍵屋に行って鍵を作り、男性に渡した。前金システムで、料金も払った。

「それでは日曜日にお伺いします」

男性の言葉を聞いて、トシゾウは胸が高鳴った。あのアパートに女性が来たことなど、一度もない。

「片づけなくちゃ、それともヨシコさんにやってもらおうか」

スキップせんばかりになって、トシゾウはアパートに戻った。

土曜日の夜、彼はにんまりと笑いながら布団《ふとん》に入った。二年ぶりに部屋にも掃除機をかけ、乾いた洗濯物は押入に放り込んだ。興奮していたが、いつの間にか寝入ってしまった。

「あなた、起きて」

女性の声で目が醒《さ》めた。目を開けると、そこには妻のヨシコが微笑んでいた。写真よりもちょっと歳《とし》をとった感じではあったが、美貌《びぼう》は変わらない。茶色く染めた髪が肩のあたりでカールし、赤いニットのワンピースに、ピンクの花柄のエプロンをしている。

「あ、あわわ、ああ、あああああ」

トシゾウはうろたえた。

「あなた、早く顔を洗ってきて。御飯ができてるのよ」

彼は布団から飛び起き、がーっと顔を洗った。座卓の上にはパン、目玉焼き、サラダ、コーヒー、みかんが置いてある。

「おおおおお」

興奮で彼は言葉にならなかった。妻は乾いた洗濯物をタンスに入れてくれたらしく、そこから下着やトレーナーを出し、

「御飯を食べたら、シャワーを浴びてね」

とにっこり笑って小首をかしげた。

「おお、わかった、わかった」

トシゾウは朝食にむさぼりついた。

「ああっ、うまいっ」

涙が出そうになった。美人妻が作ったと思うと、よけいにうれしい。

「おいしい？　よかった」

彼は、これこそが自分が望んでいる生活だと思った。お前のためならこんなアパートじゃなくて、一軒家を買ってやると叫びたくなった。

妻にいわれたとおり、彼はシャワーを浴びて着替えた。その間に布団は片づけられ、妻は掃除機をかけていた。エプロンをした後ろ姿を見ているうちに、トシゾウはずっとこの状態が続けばいいのにと思った。あっという間に掃除は終わった。

「洗濯を……」

そういった妻に、トシゾウは、

「そんなことより、外に行こう」

と誘い出した。妻はおとなしくエプロンを取り、赤いコートを着て、トシゾウに従った。こんないい女を見せびらかさなくて、いったいどうするという気分だった。

ただでさえ美人なのに、それが赤い服を着ているものだから、弥《いや》が上にも目立つ。道をいく男性たちが、ちらっと妻に目をやるのを感じて、トシゾウはざまあみろと胸を張った。そしてついつい、妻の肩に手をまわした。そのとたん、妻は、

「契約違反です！」

とものすごい勢いで叫び、彼の腕を払いのけた。鬼のような顔で彼女はにらみつけた。

「あ、はい、すみません」

トシゾウはしゅんとなった。すると次の瞬間、妻は、

「ねえ、あなた、どこへ行く？」

と何事もなかったかのように彼に甘えた。

「あ、ええと、そうだな」

彼の頭は混乱してきた。

「私、指輪が欲しいな。あなたと結婚して指輪ももらってないのよ」

鼻にかかった声で妻はすねた。

「ぐふふーん」

トシゾウの鼻の下はずずーっと伸びた。

「指輪か。それじゃあ、この近くにはないから、ちょっと出るか」

二人は電車に乗り、五つ先にあるターミナル駅で降りた。駅に隣接してショッピングセンターがある。そこの宝飾店に入った。愛想よく近寄ってきた店員に、トシゾウは、

「家内が指輪を欲しいっていうもんでねえ」

と大声でいった。

「うらやましい。お優しい旦那《だんな》様ですわねえ」

その言葉に妻はにっこりと笑い、目はケースの中の指輪に釘付《くぎづ》けになっていた。

「これが素敵」

妻は赤い色の石が入った指輪を指さした。

「これは一点物でお買い得でございます」

お買い得といわれても、トシゾウの月給の半分の額だった。妻は指にはめてうっとりし、濡《ぬ》れたような目でトシゾウを見た。

「あ、ああ、ううむ」

彼はうなった。金は出したくないが、ここで店を出るわけにもいかない。しかしこういう高額のプレゼントを贈ったら、身体的接触も許してくれるかもしれない。もし

かしたら本当に結婚してくれるかもしれないと、トシゾウは考えた。期待をこめて、彼はカードで払った。そんな金額をカードで払ったのは初めてだった。

「わあ、うれしい。ありがとう」

妻はすぐに指輪をはめ、本当にうれしそうな顔をした。その笑顔を見ると、トシゾウはへなへなと体中の力が抜けそうになった。

ショッピングセンターの隅から隅まで歩き、男性たちの視線を感じたトシゾウは、また、ざまあみろといいたくなった。

（お前の連れている女房を見てみろ）

思わず妻の手を握ろうとすると、

「契約違反です！」

とものすごい勢いでにらまれた。

「あ、ああ、すみません」

さっきと違い、妻はつんと横を向いた。その顔もまた美しい。

「食事でもするか」

美人の妻を連れた夫という立場に酔いながら、トシゾウは妻と向かい合って鮨《すし》を食べた。

「ねえ、今晩は何にする？」

「お前の好きな物でいいよ」

彼の気持ちは盛り上がるばかりだ。

「じゃ、お肉でも焼きましょうか」

そういって妻は、地下にある食料品売り場で、高級な肉や食材を買った。買い物を済ませ、二人がアパートの近くを歩いていると、話好きのクリーニング店のおばさんが、

「オオタカさん、どうしたの」

といって目を丸くした。すかさずトシゾウは、

「家内です」

と紹介した。妻はちょっとうろたえながらも会釈《えしやく》をした。

「ええっ、まあ、本当？　いつ？」

二人は曖昧《あいまい》に笑いながら、そそくさとその場を立ち去った。

妻はエプロンをつけ、お茶を入れてくれた。そして、テレビを見ながら、ああだこうだと世間話をした。彼女が彼に話しかけるときはいつも、「あなた」だった。

(いいなあ。くーっ)

トシゾウの妄想は爆発しそうになっていた。いつもより早めの晩御飯を向かい合って食べた。トシゾウが物をこぼすとすぐに妻が拭《ふ》いてくれる。

「げへへへへ」

彼は有頂天だった。

「あなた、お風呂《ふろ》が沸いてますよ」

妻はパジャマとバスタオルを手渡した。

「ああ、そう」

トシゾウはにやけながら風呂に入った。

「背中、流してくれないかな。でも無理かな。でもちょっと頼んでみようかな」

またまた鼻の下を伸ばしながら、トシゾウが妄想にふけっていると、風呂場の戸の外から妻の声がした。

「あなた、忘れ物をしちゃったから、ちょっと買ってきます」

彼は「ああ」と返事をして、鼻歌まじりで体を洗った。風呂から上がって、ビールを飲んでテレビを見ていたが、いつまでたっても妻は帰ってこない。一時間以上、経《た》っている。そのときトシゾウは、赤いコートやバッグがなくなっているのに気がついた。そして便利屋の男性が、

「晩御飯を食べ終わるまで」

といった言葉を思い出した。

「だから急いで晩飯を作ったのか。くくーっ、こんなことなら、晩飯を十一時頃にすればよかった」

まだ七時過ぎだ。トシゾウは明日も妻コースを頼もうと、急いで便利屋に電話をしたが、誰も出なかった。

期待して眠りについたが、翌朝は誰も起こしてくれなかった。

（やっぱりだめだったか……）

暗澹《あんたん》たる気持ちで会社に行き、会社の電話を使って、何度も便利屋に電話をしたが、いつも話し中になっていた。終業と同時に会社を飛び出し、トシゾウは便利屋に向かった。ビルの廊下の奥にトイレがあり、そこの女子トイレから、大声で話す声が聞こえてきた。

「昨日どうだった」

「サイテー。不細工な男でさ。いい思いをしなきゃと思って指輪を買わせちゃった。そうしたら触ろうとしたのよ。ひどいでしょ。旦那に見せたら、安物だからそんなの売っちゃえって」

「そのほうがいいわよ。変に物が残ってるといやよね」

昨日の妻の声に似ていたが確証はない。トシゾウはあわてて便利屋のドアを押した。

この間の男性が顔を出した。

「妻コースの申し込みに来たんだけど。またヨシコさんで……」

「申し訳ございません。ヨシコさんは家庭の事情でおやめになりました」

「でも、そこのトイレで話し声が……」

「昨日の精算があったものですから。さっきまでおられましたが」

トシゾウはあわてて廊下に出てみたが、女性たちの話し声は聞こえなかった。

「それじゃあ、別の人……」

そういいかけたトシゾウに、男性は、

「申し訳ありませんが、あなた様のご希望には添いかねます。二度、身体的接触をされたと、ヨシコさんから報告を受けております」

と静かにいった。トシゾウはうっと言葉に詰まった。

「いや、でも、手を握ったくらいで……。でも、夫婦なんですから」

「最初に申し上げておりますし、契約違反をなさったとみなさざるをえないので、うちではもうお貸しできません」

きっぱりと断られて、トシゾウは引き下がるしかなかった。コンビニで海苔《のり》弁当を買い、とぼとぼと歩いていると、クリーニング店のおばさんが、大声で、

「奥さん元気？」

と叫んだ。トシゾウはあわてて海苔弁当を隠し、

「ああ、はあ」

といってそそくさと逃げた。アパートのドアを開けても誰もいなかった。トシゾウはため息をついた。

翌日から前と同じ彼の生活がはじまった。クリーニング店にワイシャツを持っていくと、おばさんの顔がこわばった。変だなと思いながら歩いていると、道ばたでおばさんたちが話をしているのが耳に入った。

「この近くにね、安アパートに住んでるくせに、お手伝いさんを頼んだ中年の男がいるんだって。その人、女の人がいやがっているのに、二度も押し倒そうとしたんですってよ」

「まあ、いやねえ。そんな人が町内にいるなんて」

「その二人を商店街の人が何人も見かけてるの、女の人は美人で赤いコートを着ていて、男が自慢げに歩いていたんだって。何でも奥さんだっていってたらしいわよ」

トシゾウは体が凍り付きそうになり、そのあとお湯につかったみたいに体中がほてってきた。

（違うんだ、そうじゃないんだ）

心の中で叫びながら、アパートまで走った。もちろん室内は真っ暗だ。

「あんな噂《うわさ》がたってるなんて。クリーニング店のおばさんは、明らかにそうだと疑っている」

トシゾウは髪の毛をかきむしった。この話を知っているのは三人だけだ。まさかあのヨシコさんが……と考えると、頭の中が混乱し、トシゾウはまた髪の毛をかきむしった。

「ああああ」

と叫びながら、ふと畳の上を見ると、いかにも面倒くさそうに、妻が使ったアパートの合い鍵《かぎ》が放り投げられていた。

着物

私、スエトミミツコは四十三歳。三人姉妹の末っ子で、高校生の娘が一人いる。夫は大学の助教授である。長女ハルコは五十五歳、女子大生の母。次女ナツコは五十三歳、娘一人をすでに嫁がせていて、夫婦二人で住んでいる。二人とも夫は銀行員で、私たち姉妹はお互いに、車で一時間ほどの距離に住んでいるが、交流はほとんどない。上の二人は年齢が近いせいか、子供のころからよく遊んでいたが、私は邪魔者扱いされていた。次女とは十歳離れているため、ほとんどひとりっ子のようにして、育てられたのである。

父は私が小学校の低学年のときに亡《な》くなった。父は相場のような仕事をやっていて、一代で財をなしたらしい。私たち姉妹は父がいないからといって、耐乏生活を強いられたわけではなかった。同年配の両親が揃《そろ》った家庭の子供より、恵まれた生活を送ったと思う。それでも母は、お茶、お花、踊りなどを教え、家には絶えず稽古《けいこ》に来る人々が出入りしていた。母がこまめにしつらえを変えるたびに、稽古に来た女性たちが、褒《ほ》めそやしたのを覚えている。生きていたころの父は、ほとんど家には帰って来なかった。子供のころに変だなと思ったが、それを母に聞くのもまずいのではないかと子供心に思い、大人になっても聞かなかった。しきりに姉たちは、

「お父さんは汚らしい」

とわめいていたが、それを聞いていた母はとても悲しそうな顔をしていたので、また私がいろいろと聞くのははばかられたのである。

娘三人を私立の学校に通わせ、二人の姉を嫁がせ、私が結婚したときに母は、

「ああ、これでほっとした。やっと肩の荷が降りた」

とため息まじりにいった。母はきゃしゃで年齢よりははるかに早く白髪《はくはつ》になっていたが、その銀髪が私は好きだった。いつも着物を着ていて、その着物姿も大好きだった。姉の結婚式のとき、招待客が小声で、

「花嫁さんより、お母さんのほうがずっときれいね」

といっているのが耳に入ってきて、吹きだしそうになったこともある。姉二人は父似でごつい体に四角い顔。私は母に似ているとよくいわれた。姉二人は恋愛結婚だったが、私は母と二人で暮らしているとき、お茶の生徒さんに、

「いい方がいるんだけど」

と紹介されて、大学院生だった今の夫と会った。姉二人がすでに家を出ていたので、私が養子を取るのかしらと思っていたが、母に、

「そんなご大層な家じゃあるまいし、そんなことをする必要はありません」

といわれた。彼はいつもにこにこしていてのんきそうだったので、いいかなと思って結婚を決めた。母が、

「あの方はいいわよ」

と勧めたこともある。私が覚えている父はいつも鼻息が荒く、目つきが鋭かった。お金であるとか、儲《もう》けという言葉が会話の中に出てくると、

「いったいそれは何だ」

と素早く反応するタイプだった。ところが私の夫はそういうことには全く無関心で、ただただのんびりしていた。

「あなたたちは、坊ちゃんと嬢ちゃんで、人がよくてぼーっとしているから、これからはしゃんとしなくちゃだめよ」

と義理の母からいわれたが、私はただ、

「はい」

と返事をしただけだった。ところが二十年以上たって、それを肝に銘じることになるとは、想像もしなかったのである。

結婚したときに、同居をしたほうがいいのかと母に聞いたが、

「そんな必要はありません」

ときっぱりといわれた。

「一人でせいせいするわ。生徒さんも毎日来るし。全然、淋《さみ》しくなんかありません」

母はそういって、広い家で一人で暮らしていたのである。私は結婚してからも、月に何回かは夫と一緒に家に遊びに行った。義理の両親も、

「顔を出してあげたほうがいいよ」

といってくれたし、姉たちが全く母のところに行っていない様子だったからだ。たまに来たという話を聞くと、それは子供の入学祝いの催促だったり、投資用のマンションの頭金の無心だったり、自分の着物をねだったりと、下心がありありでやってきていたのである。姉たちは派手な生活を送っていた。毎年、何度かは海外旅行に行っているとか、身なりも派手だということを母から聞いていた。結婚をしてまで、まだ母を頼ってくる姉たちに対して、私は不満があった。夫は、

「お義姉《ねえ》さんたちにはいろいろと考えがあるんだろうから、放っておけば」

とのんびりといっていた。

「でも……」

やはり私には納得できなかった。

そして姉たちも私も母も年をとった。母は私が知っている限り、いつもきちんと着物を着て、お稽古に来る生徒さんたちを迎え、庭師の人もきちんといれて、家を整えていた。人との接触も多いし、ただ漠然と過ごしているのではなく、それなりに張りがある毎日を送っていると思っていた。

ところがあるとき、私たち一家が母の家を訪れ、食事をしていたときのことだった。そのときはみんなで泊まるということになり、昼食を食べたのであるが、食べて三十分もしないうちに、母が、

「お食事は？」

といいだした。冗談をいっているのだと思って、私は笑いながら、

「やあねえ」

といおうとして顔を見ると、母は真顔でちんまりと座っていた。そして、

「御飯？」

とおそるおそるたずねた私に、

「ええ、まだ、いただいてませんよ」

と真剣な顔でいったのである。私の背中に冷や汗が流れた。あわてて夫の顔を見ると、同じように顔を強張《こわば》らせていたが、

「お義母《かあ》さん、そうですね、御飯、まだでしたね」

といって、また食事を持ってくるようにと私にいった。私はわけがわからないまま、量を少なくして、冷蔵庫の中にあった常備菜や佃煮《つくだに》を出して、何とか一汁三菜の食事を出した。さっき食べたばかりで、食べられないと思っていたのに、母は、

「いただきます」

といつものように箸《はし》をとって一礼し、全部、平らげてしまった。

(とうとう来たか……)

私は針を飲んだような気分だった。母のようなタイプは絶対に呆《ぼ》けないと思っていた。人との接触はあるし、自分がやらなければならないことがある。その母がどうしてこういうことになったのだろうか。夫は、

「心づもりはしていたほうがいいよ。この先、どうなるかわからないけど」

という。その夜も、晩御飯を食べたあと、また、

「お食事は?」

と繰り返し、私たちは悲しい現実を思い知らされたのだった。

夫が、

「一緒にいてあげたほうがいいんじゃないだろうか」

というので、私がしばらく同居することにした。まだ母は七十歳を少しすぎたばかりだ。まだまだ元気でいると思ったのに、もしかしたらあれは間違いではなかったのかと、私は母の一挙手一投足を観察していた。まだ私のことは娘のミツコだとはわかっているようだった。

すぐにいちばん上の姉に電話をした。

「お母さんが、大変なの……」

すでにそういった時点で、私は涙声になってしまった。

「どうしたの？」

姉は面倒くさそうにいう。

「お母さんが……」

自分たちが目撃したことを話すと、姉は、

「やだー、呆けちゃったの？　やだわ。まだ七十ちょっとでしょう。やあねえ。どうしてそんなことになるのかしら」

ともすごくいやがっていた。背後で、

「どうしたの」

という姪《めい》の声が聞こえた。

「お祖母《ばあ》さんが呆けちゃったらしいのよ」

「えー、やだー、かっこ悪い」

姪は大声で叫んでいる。

「それで、これからどうしたらいいかと思って」

「どうするもこうするも、いったいどの程度なの」

事情を説明すると、

「ふーん、そういうことがあるっていう話は聞いたことがあるわねえ。ふーん、そうなの」

何だかわからないが、姪が背後で大声でわめいている。

「うるさいわね、テレビと一緒に大声で歌うんじゃないの！」

姉が怒鳴りつけると、

「うるさいよ、お母さんは」

という姪のヒステリックな声が聞こえた。

「ともかく、一度、来てくれないかしら」

心細くなって頼んだ。

「そうねえ、どんな様子か見てみないとねえ。ナッちゃんにも電話をしておくわ」

姉は近々やってくることになった。電話を切ったあと、母に、

「お姉ちゃんが来るっていってたわよ」

というと、わかっているのかいないのか、

「あら、そう」

と返事をしてお茶を飲んでいた。

まだ母の変化を信じたくない、信じられないと思っていた矢先、母が電気炊飯器の蓋《ふた》を開け、手づかみで御飯を食べた。これで病気を確信した。いつも身ぎれいにして、着物を着ていた品のいい母が、そんなふうにしているのを見るのはショックだったが、当人はけろっとしている。夫も心配をして、顔を出してくれたが、母の姿を見て複雑な表情になった。

二人の姉はそれぞれ夫を伴ってやってきた。

「やあ、ミツコちゃん、元気でやってた？」

長女の夫が入るなり、玄関で大声で明るくいった。彼はカマキリのような顔をして

いて、人あしらいにそつがなく、やたらとおしゃべりだったが、ときおり目つきが鋭くなる。私の嫌いなタイプであった。

「元気なわけないだろ。こんなことになっちゃってさ」

そういったのは次女の夫である。でぶでぶに太り、いつもげっぷをしている。横柄《おうへい》な態度の男で、この人も嫌いなタイプだった。

「どうなの、その後」

手づかみで御飯を食べた話をすると、姉たちは、

「まあ、いやあねえ」

と顔をしかめた。

「ともかく、ちょっと顔を見ないとね」

あわただしく姉二人は、部屋の中に入った。残された義兄二人は、廊下から庭を見ながら、

「いつ見ても広いなあ。このへんは一坪、二百三十万くらいだから……」

といいながら、土地代を計算しはじめた。

「お母さん、お母さん。どこ、どこにいるの？　きゃー、やだあ」

姉の声がした台所のほうにいくと、母が冷蔵庫を開けたまま、板についたかまぼこ

を、わしづかみにして食べていた。

「やめなさい、こら、やめるのよ」

姉二人は母の手から、かまぼこを奪い取り、台所から追い出した。

「ここに座って」

長女が目の前の座布団《ざぶとん》を指さした。次女がひきずるようにして、母を座らせた。

「お母さん、私が誰だかわかる？」

長女が顔を近づけると、母は首をかしげて答えない。

「私は？　私！」

次女が顔を指さす。母はおびえた顔をして、無言で私のほうを振り返った。

「やだわ。自分の娘を忘れちゃったの？」

露骨に顔をしかめ、長女は、

「ちょっと、お母さん、本物よ。私のこともわからないの」

と大声で夫を呼んだ。

「本当か」

土地の値踏みをしていた長女の夫が小走りにやってきた。

「おれのことは覚えてるかな」

「私のことを覚えてないのに、あなたのことなんか、覚えてるわけないじゃない」

それでも義兄は、

「お義母さん、ぼくは誰だかわかります？」

と猫なで声でいった。母は、困った顔をして、じーっと彼の顔を見ているだけだった。

「ありゃ、これは本物だ。あはははは」

大声で笑い出した。

「何がおかしいのよ」

姉に怒鳴られて、彼は、

「あははは」

と小声で笑いながら、姿を消した。

「お母さん、この人はだあれ？」

次女が私の肩に手を置いた。母はにっこりとして、

「ミツコちゃん」

といった。

「やだ、ミツコはわかるのね」

母を中心にして、三人姉妹はへたりこんだ。

「はーっ」

同時にため息をついた。母はちんまりと座布団に座ったままだ。

「みっともないわねえ」

長女はつぶやいた。

「ほんと、やだわ。生徒さんたちには何ていったの？　まさか呆けたなんていってないでしょうね」

姉たちは私ににじり寄った。

「風邪をひいて、具合が悪いので、しばらく安静にしろとお医者さんにいわれているって連絡はしておいたけど」

「あ、そう。それならいいわ」

ほっとしたような顔で彼女たちは座り直した。

「とにかくご近所の目もあるから、すぐに病院にいれなくちゃね」

「そうだわ、どこがいいかしら」

姉たちは勝手に話を進めている。

「ちょっと、待って。病院って……」

「どうしたの？」

「だって、私たちがいるのに、すぐに病院っていうのは……」

「何いってるの？」

姉二人は信じられないといった顔で私を見た。

「無理に決まってるでしょ。私はほら、習い事もたくさんやってるし、ナッちゃんだってそうよねえ」

「そうよ。私だって忙しいのよ。専業主婦もいろいろと大変なの」

「誰も知らない人ばかりの病院に入れるのは、かわいそうだわ」

「知らないっていったって、私とナッちゃんのことはわからないじゃない。わかるのはミツコのことだけよ。私たちはもう知らない人になってるの」

「いいじゃない。病院に入れれば。そのくらいのお金、お母さん、持ってるでしょ」

姉たちにそういわれ、私は怒りがこみあげてきて、

「病院なんかにはいれないから。私が面倒を見るからいいわよ」

といい放ってしまった。姉二人は、

「それだったら勝手にすれば。私たちは知らないわよ」

といった。義兄たちは家の中をうろうろと歩きまわり、何億だとか何千万だとか、

遺言状がどうのこうのという言葉が聞こえてきていた。

「知らないわよ。大変なことになったって。こういうことはね、かわいそうだとか、そういうことだけで解決できないの。ご近所に知れてごらんなさい。笑い者よ」

「どうして?」

「どれだけうちが近所からやっかまれてたか知ってる? 私たちは学校でもいじめられたしね」

「ねーっ」

姉二人は顔を見合わせた。

「お母さんが呆《ぼ》けたら、いい気味だっていわれるわよ」

「お母さんは人に恨まれるようなことなんかしてないわ」

「恨まれるとかそういうことじゃなくて、他人の不幸が大好きな人が、近所にたくさんいるってことよ」

そこまでいうかと、私は気分がとても暗くなってきた。

「とにかく、あなたが面倒をみるっていったんだから、ちゃんとやりなさいよ。じゃあね」

姉たち夫婦は、そういって二台のベンツで帰っていった。私は夫に事情を話し、母と一緒に住む覚悟を決めた。

一年足らずで母はどんどん変わっていった。トイレがどこにあるのかもわからなくなった。暴れたりする老人がいると聞くなかで、母はおとなしいほうだった。ただ食事を何度も食べたがるのと、夜、母を寝かしつけて自分も寝ようとすると、こそこそと起き出して、あちらこちらの戸を開けることに困らされた。それでも根気よく、

「もう、寝ましょうね」

と声をかけながら、何度もベッドに連れていくことを繰り返した。近所の人にも生徒さんたちにも、隠す必要はないと考えて、正直に事情を話した。そのほうがずっと楽だったし、みんな心配してくれて、買い物に行ってくれたり、声をかけてくれたり、親切にしてもらった。

私の生活は変わったが、夫も娘も協力的で、それにとても助けられた。一方、姉たちからは何の連絡もない。私だけがこんなふうになって、姉たちは今まで通り、家族で海外旅行にいったり、気ままに過ごしているのかと思うと、腹が立ったし、むなしくなったこともある。しかし母を病院に入れてしまうのは、どうしてもふんぎりがつかなかったのだ。

春の日、私が目を離したすきに、開けてあった戸から庭に出ようとして、母は足を

くじいてしまい、それから寝たきりになった。医者に入院させるかと聞かれたが、私は断った。ちょっとほっとした。これで動き回ることがなくなったからである。いちおう、姉たちに連絡した。するとすぐに彼らはやってきた。今度は姪たちも一緒だ。入れ歯を取って寝ている母を見て、姉や姪たちは、

「やだー、あんなになっちゃって。なんだかミイラみたい。やだー」

とまるで他人事《ひとごと》だった。義兄、姪たちはまた家の中を歩きまわっている。

「お母さん、遺言状を書いてないかしら。ミツコ、何か聞いてない?」

私がいれたお茶をすりながら、長女がいった。

「さあ」

「筆まめで書くのが好きだったから、ちゃんと書いてるかもしれないわね。よしっ」

姉たちは勢いよく立ち上がり、どやどやと母の部屋に入っていった。あわてて後を追うと、文机《ふづくえ》の引き出しから箪笥《たんす》の引き出しまで、片っ端から開けて、中を調べ始めた。筆や箱に入った墨が散らばった。

「ちょっと、そこにある?」

長女が箪笥の引き出しを探している次女に聞いた。

「それが、ないみたいなのよ」

「ええっ、本当」

しばらく長女は目につくところを探しまわっていたが、ふと私のほうを振り返り、

「まさか、あなた、隠してないでしょうね」

とにらみつけた。

「どうして私が隠さなくちゃならないの。そんなものはないわ」

「そうよ。お母さん、あんたのことだけ覚えてたじゃない。私たちが帰ったあと、遺言状を書かせるっていうことだって、できないわけじゃないわよねえ」

次女はにやっと意味ありげに笑った。

「私を疑ってるの？」

頭に血が上った。

「疑ってるわけじゃないけど。ずっとそばにいたしねえ。お母さんがあなたのことを覚えているのをいいことに、都合のいいように書かせるっていうことだって、できるでしょう」

姉たちの言葉に、私は涙が出てきた。それでも彼女たちは顔色ひとつ変えない。

「仕方ないわね」

二人が部屋を出ようとすると、ばたばたとやってきた姪《めい》たちと鉢合わせをした。

「何をやってるの、あんたたち」

「ママ、お祖母《ばあ》ちゃんの着物、すごいんだよ。簞笥の中を見てごらんよ」

そういったのは長女のところのヒステリック娘である。

「そうだ、着物もあったんだわ。着道楽だったから、たくさんあるのよねえ。そうそう、あれもちゃんと行き先を決めておかないと」

鼻をぐずぐずさせながら、私が彼女たちのあとを追いかけていくと、母の着物部屋は着物だらけになっていた。次女の娘が目を輝かせて着物を片っ端から肩にかけ、それが終わると畳の上に放り投げというのを繰り返していた。

「まあ、どれもこれもいいわねえ」

姉と姪たちは、母の着物が入っている三棹《さお》の桐《きり》簞笥の引き出しを開け、中に入っている着物を引きずり出した。

「お母さん、贅沢《ぜいたく》だったから、いろいろな花が描いてある訪問着じゃなくて、春用、秋用、冬用って、季節ごとに誂《あつら》えていたのよね」

「ママ、あたし、これがいい」

ヒステリック娘が、ピンク地の訪問着を羽織りながらいった。

「あら、それ、とってもいいわ。じゃあ、それ、ここに置いておきなさい」

長女は自分が座っている横の、空いているスペースを指さした。

「ラッキー」

たたみもせずに、着物が置かれた。次女の娘もそれを見て、負けじと水浅葱色《みずあさぎいろ》の訪問着を手にして、

「まずは、これ」

とつぶやいた。あっけにとられている私の目の前で、彼女たちは着物、帯、コート、羽織と、まるでお見立て会会場のように選び出し、自分の横にたくさんの着物の山を作っていた。

「もう、いい加減にしてよ！」

我慢しきれなくなって、私は怒鳴った。女四人は、きょとんとした顔で私を見上げている。

「いったい何を考えてるの？　やってることがひどすぎるじゃない。信じられない」

また鼻をぐずぐずさせはじめた私を見て、長女が、

「本当にあんたって甘ちゃんねえ」

とにやっと笑った。

「お母さん、何もわからないのよ。亡《な》くなったら相続だの何だのって、面倒なことが

起きるのよ。その前にやっておくんじゃないの。それのどこが悪いのよ」

「だって、お母さん、まだ生きてるもん」

「生きてるったって、何度もいってるように、何もわからないの。みすみす無駄な時間を過ごしておくことなんてないでしょ。こうやってみんなが集まっているんだから。どうせ死んだらやらなきゃならないことなんだから、死ぬ前にやったって同じでしょ」

「そんなに死ぬ死ぬっていわないでよ」

そういって私は黙った。次女は、

「わかった、あんた、独り占めしようとしてたのね。そんなわけにはいかないわよ」

といいがかりをつけてきた。

「そんなことないわ。どうしてまたそんなことをいいだすの？」

「そうかしら。私やお姉ちゃんと違って、あんたは特別だもの。名前だって春生まれのお姉ちゃんはハルコ、私は夏生まれでナツコ。簡単につけられてるのに、あんたは秋に生まれたのに、アキコじゃないでしょ。子供のときだって、いちばん下だから、いつも素敵な服ばかり着せてもらってさ。ね、お姉ちゃん」

「そうそう。本当にうらやましかったわよ。私たちは制服ばっかり」

「制服ばっかりっていったって、それがお姉ちゃんたちの学校の校則だったじゃない」

私が反論すると、

「うるさいわね！」

と怒鳴られた。姉たちが結婚したとき、いらないというのに、母が山のように着物を持たせた。それなのにまだ母の着物を奪っていこうとする。

「だいたいね、親っていうものは、子供のために生きてるものなの。子供に幸せになってもらいたいために、親は努力するものなの。お母さんがこうなっちゃって、娘の私たちが財産や着物をもらったりするのは当然のことよ。あんたが独り占めするのは許さないわ」

（この人たちには何をいってもだめだ）

私はがっくりとそこにへたりこんだ。親が生きていたときは財布がわりと思い、その財布が機能しなくなったとたん、もてあまして処分しようとしているのだ。

そこに義兄たちがやってきた。

「お宝、見つかったか？」

彼らはにやにや笑っている。

「うん、たくさん見つかった」

女たちも笑っている。

「そうか、そりゃ、よかった。あとはこの土地家屋をどうするかだな。この場所だと相当な額になるぞ」

「でもほとんど税金に取られちゃうでしょ」

「それでも相当残るって……」

彼らは話をしながら揉《も》み手をしていた。私は思わず顔をそむけた。

「なあ、ミッちゃん」

げっぷをしながら次女の夫がいった。

「もう、お母さんは何をやってもわからないんだ。だからいつまでもお嬢ちゃんみたいなことをいってないで、割り切ったほうがいいって。あんたもわざわざ別居して、こんな生活をしてるのも大変だろ」

「だんなは別居して、女房の目が届かなくてほっとしてるわよ」

次女が口を挟むと、長女の夫が、

「それはそうかもしれん、わっはっは」

と大声で笑った。

「だからさ、病院に入れてさ、毎日、どうぞ天国に行って下さいって拝んでいればいいんだよ。強い薬を使うと、ショックでころっと死んじゃうこともあるんだってな。そんなに苦しまないらしいよ」

げっぷをしながら、冷たい目をして彼はいった。

彼らが帰ったあとは、まるで山賊が襲ってきたかのようだった。開けっ放しの引き出しには、誰も持っていかなかった、古びた木綿の着物と裂き織りの帯といった普段着がひっかかっていた。残されていた着物類はそれだけだった。

(どうして身内があんなふうになるの)

私は体の力が抜けていた。そして姉たちに死を待たれている母が、寝たきりであっても、少しでも長生きするようにと、願うばかりであった。

幻覚

日曜日の午後、タカユキは都心の地下鉄の駅にかけこんだ。突然、大雨が降り出してきたので、傘を持っていなかった彼は、百五十メートルほどを全力疾走するはめになった。二十代のころは、このくらい平気だったのに、さすがに三十歳を越えるときつい。彼ははあはあと息をはずませながら切符を買い、ホームへと階段を降りた。まだ心臓がどきどきしている。ちょうど電車のドアが閉まるところだったが、駆け込み乗車をする力はなかった。

「おれも年をとったもんだなあ。寝不足は寝不足だけど。どうしてこんなにいつまでも、はあはあするんだ」

ホームにはほとんど人がいなかったが、彼は息づかいが荒いのを悟られまいと、口を閉じた。すると反射的に鼻の穴がぐいっと開き、たまらなくなってまた彼は口を開けざるをえなくなった。

「まいったなあ。昨日、たくさん酒を飲んじゃったからなあ。煙草《たばこ》もたくさん吸ったし。結局、寝たのは二時間か」

小声でぶつぶついいながら、彼はホームの椅子《いす》に座り、ズボンのポケットからハンカチを取り出して、額ににじみ出た汗を拭《ふ》いた。

ふだんだったら多少の雨が降ってきても走ったりはしないのだが、今日は一張羅を着ていたので、のんびり歩くわけにはいかなかった。フリーランスのライターである彼は、週刊誌に新しく連載を持つことになり、これから打ち合わせに行くのだ。ふだんは雨が降っても何が降っても平気な格好をしているのだが、今日は三年前に大枚をはたいて買ったジャケットとパンツを着た。靴は妹に海外旅行に行ったときに買ってきてもらった、グッチのローファーである。今日はじめて履いたのに、大雨に降られてタカユキはつくづく、自分はついていないと思った。

彼はジャケットについた雨のしずくをていねいに払い終わったあと、ぐるぐると首を回した。肩凝りなどしたことがなかったのに、最近、肩凝りがひどくなってきた。マンションに帰っても肩を揉《も》んでくれる妻も恋人もいないので、ビール瓶を倒してその上に仰向けに寝る。そして瓶が背中の下で回転するように、両足と両腕を使って移動する。あまりに気持ちがよくて、そのたびに、

「ううっ、ああっ」

と声を出してしまう。ひとしきりごろごろしたあと、思わず、

「あー、気持ちいい」

と口に出してしまうこともある。とにかく明らかに体にがたがきているのがわかるようになったのだ。

「酒もほどほどにしないとな。煙草も。でもやめられないんだよな」

なるべく吸わないようにとは思っていても、仕事をしているときに吸ってしまう。手書きで原稿を書いているときは、左手が空いているので煙草はほとんど持ったままだった。パソコンを使うようになってから、両手でキーを叩《たた》くために、打っている間は煙草は吸わなくなったが、一段落ついたときにどっと吸ってしまう。そうしないと頭が働かなくなってきたのである。

「悪循環だよな。でも両方とも、そう簡単にはやめられないし」

もういちど首をまわすと、

「ゴキッ」

と音がして、筋がつったようになった。

「あたたた」

彼はあわてて首筋をさすりながら、ため息をついた。

大雨が降り出したこともあってか、何となくホームは湿っぽい。長いホームだというのに、電車を待っている人はざっと見たところ、十人程しかいなかった。

彼はホーム内のスタンドで週刊誌を買い、グラビアを開いた。有名な女優のヘアヌード写真が掲載されていた。思わず見入ってしまったあと、そんな自分が誰かに見られているのではないかと気がつき、はっと顔を上げた。ちょうど彼の目の前を、この時期にはちょっと不釣合いな白い透けたようなワンピースを着た女性が通り過ぎるところだった。髪の毛を赤茶色に染めて、肩の下まで伸ばして、大げさにカールしてある。身長は百六十センチくらいだが、足元は十センチはある白いハイヒールのサンダルを履いていた。ダンサーが着るような、透けた白い布が何枚も重ねてあるようなスカートが、ひらひらしている。真っ赤なバッグを持っていたが、コートは手にしていない。

「あんな格好で寒くないんだろうか」

一時代前の舞台衣裳《いしょう》のような格好をした女性の後ろ姿を、彼はぼんやりと目で追った。薄暗いホームに、あんなに真っ白な薄いワンピースを着ているというのに、ホームにいる他の人々は、全く彼女に関心を示さなかった。

「じろじろ見てるのはおれだけか。おれって助平なのかな」

彼はちょっと恥ずかしくなったが、彼女から目を離すことができなくなっていた。

「あんな格好でいったいどこに行くんだろう。第一、あんな薄着じゃ、寒いに決まってるじゃないか。それとも劇場に出るために、準備してきたのか」

彼は沿線にあるいくつかの劇場を思いだしながら、首をかしげた。彼女は反対側のホームのほうに歩いていった。

そのとき、電車が入ってきた。そのとたん、白いワンピースの女性の体がふわりと宙に浮き、線路に向かって落ちていった。

「ああっ」

タカユキは大声で叫んだ。ホームの人がびっくりして彼のほうを見た。遠くにいた駅員が、旗を振りながら彼の方に走り寄ってきた。

「あ、ああ」

タカユキはあまりのことにびっくりしてしまい、舌がもつれた。

「どうしました」

駅員はタカユキにたずねた。

「どうしたって、今、女の人が飛び込んだじゃないですか」

「えっ」

「ほら、白いワンピースを着た……。赤いバッグを持った。電車が入ってきたときに、飛び込んだんですよ」

興奮しているタカユキを、ホームの人も電車の乗客もけげんそうな顔で眺めていた。駅員は運転手のところに行き、何事か話していたが、運転手は首を横に振った。

「そこから、あの予備校の看板があるところから飛び込んだんです」

タカユキは彼女が飛び込んだ場所を指差した。

「はあ」

駅員はライトを手に線路に降り、電車の下をのぞき込んでいたが、

「そんな様子はないですねえ」

といった。

「そんなはずは……。だって、本当にあそこから……」

駅員は旗を振って車掌に合図を送り、電車のドアは静かに閉まった。乗客たちは、

「いったいあの男は何を興奮しているのだろう」

といったような顔で、タカユキを眺めていた。

「見間違いではないでしょうか」

電車が走り去ったあとの線路を見ても、何も残っていない。

「そんな、そんなはずは……。たしかに髪の毛を赤っぽく染めて、こんなにふわふわさせて、白いワンピースの……」

「とにかく、何事もなかったので。安心して下さい」

駅員はタカユキに優しくいった。

「でも……」

もう一度、彼は線路をのぞきこんだ。しかし飛び込んだ形跡は全く残っていなかった。ホームにいる数少ない人々は、いったいどうしたのだろうかという顔で、タカユキを見ている。

「おかしいなあ。見間違いなんて、そんなことはあるわけない」

彼は手にしている週刊誌をじーっと見た。タイトルも目次も間違いなく読める。グラビアに登場しているのは、有名な女優だ。

「ちゃんと字も読めるし、誰が誰かわかってる。それなのにどうしてあれが見間違いだなんて。間違いなくあの女は電車に飛び込んだのに」

タカユキが乗る電車が入ってきた。電車は空《す》いている。彼は三人掛けの椅子に一人で座りながら、

「間違いないのに……。でも二時間しか寝てないから、幻覚でも見たのかなあ」

腑《ふ》に落ちない気分のまま、彼は電車に乗っていた。向かいの三人がけの椅子には誰も座っていない。

「もしも幻覚を見たのなら、おれは相当疲れている。休まなくちゃいけないかなあ」

しかし新しい仕事が決まって、彼自身がやる気になっていた矢先のことで、休む気分にはなれなかった。ぼんやりと自分の顔が映る、向かいの窓を眺めていると、白い薄い布が上からひらりと落ちてきた。彼ははっとして思わず腰が浮きそうになった。

「なんだか白い物ばかり見る」

彼はため息をついて、そのままじーっと目を閉じた。

出版社の週刊誌の編集部に着くと、日曜日だというのに、たくさんの編集部員が働いていた。

「ちょっとこっちに来て」

編集長に呼ばれて、彼は会議室に移った。顔見知りの編集者も同席した。

「仕事のことなんだけど」

彼らはタカユキに都会に住んでいる独居老人を取材してほしいといった。

「ほら、最近でもいただろう。ゴミをたくさんためこんでいるじいさんやばあさん。

ああいう人の話を聞いてきてほしいんだよね」

「ああ、そうですか」

「テレビで先にニュースになっちゃうと遅いから、先取りでやりたいんだよ」

「そうなると、細かいリサーチが必要ですね」

「とりあえず、三本のネタはあるんだ」

「そのうちの一本はうちの町内にいるばあさんなんです。あとの二本も、会社の人間の情報なんですけどね」

担当編集者はそういった。

「毎週だときついから、最初は二週間に一度がいいと思うんだけど」

「そうですね。そのほうが……」

「もしもきみのほうで、何か面白い話でもあったら、それでもいいけど」

タカユキは地下鉄の駅のホームで見たことが喉《のど》まで出かかったが、それをぐっと飲み込んで、

「いえ、それでやらせてください」

といった。

帰りの地下鉄のホームでも、ついついあたりをきょろきょろしてしまった。白っぽ

い服装の女性がいると、どきっとした。しかしホームでも電車の中でも、何も起こらなかった。

「おかしいなあ、確かに見たんだけどなあ」

タカユキは自宅マンションの近くにある書店の棚を眺めながらつぶやいた。彼はオカルトめいたものとか、心霊現象などといったことには、興味はなかった。ただテレビなどで放送があると、背筋をぞぞーっとさせたことはある。

「まさか、あんなことはあるわけないじゃないか」

と全面否定もしないし、頭から信じているわけでもない。たまたま目に入ったときに、

「へえ」

と驚いたり、ぞぞーっとしたりしていただけだった。

これまでも一緒に取材に行ったカメラマンから、仏像を撮影しようと思ったら、今まで何ともなかったカメラのシャッターが、突然、降りなくなった、とか、秘仏を写した写真だけが、全部、ぶれていたとかいう話を聞いたことがあった。そのときもタカユキは、

「二日酔いで手が震えちゃったんじゃないの」

などとからかったりはするが、

「不思議なことがあるな」

といちおうは首をかしげた。

「でも、今日はたしかに見たんだ。あれが幻覚だとしたら、おれはもう終わってるぞ」

思わず彼は棚にあった心霊写真を集めた本を手にとり、ぱらぱらとページをめくった。これはただの葉っぱの影だろうと思えるものもあったが、

「これは……」

と絶句する写真もあった。彼は写真技術に詳しくないので、どれだけ今の合成技術が進んでいるのかはわからなかったが、それはとても合成したようには見えなかった。

「どうして滝のあちらこちらに、こんなにたくさんの辛《つら》そうな顔があるんだ。どれもこれも今まで見たことがない人間の顔だ」

彼は思わずページを閉じ、古書店特集の雑誌を買って、マンションに帰った。

「とにかく、あのことは忘れよう」

彼はコーヒーをいれた。飲んでいるうちに不可思議な気分は消え、新しい連載のことで頭がいっぱいになってきた。新しいノートを一冊おろし、

「さ、やるぞ」

とやる気になってきたのだった。

一回目の取材は担当編集者の町内にいるおばあさんだった。

「とにかくね、たくさん鳥を飼っていてすごいんですよ。鳴き声もそうだし臭《にお》いもすごくて。買い物に行くときにも、肩にオウムを乗せているんです。民生委員や、保健所の人も行ったらしいんですけどね、気丈なおばあさんで、水をかけて追い払ったらしいですよ」

「へえ。いつからそうなのかな」

「近所の人の話によると、十年ぐらい前からみたいです。それまではひとりでひっそり住んでいたらしいですから」

「あ、あそこじゃないですか」

カメラマンが一軒の小さな家を指差した。

「ああ、そうそう、そうです」

担当編集者が小走りに駆け出した。

「すごいな……」

タカユキは鼻を手で覆《おお》った。鳥の鳴き声もたくさんあつまると、

「キキキキ」

とヒステリックに聞こえる。何ともいえない臭いも漂っている。家の周囲に張り巡らしてある錆《さ》びた鉄条網にも、たくさんの羽毛がへばりついていた。

「こんにちは」

担当編集者が明るい声で玄関を開けた。一段と鳥の鳴き声が甲高く、けたたましくなった。ばたばたと鳥たちが飛び交い、羽毛と臭いが巻き上がった。

「こんにちは、あれ、いないのかな」

男性三人で奥をのぞき込むと、奥からぼろぼろの作務衣《さむえ》を着たおばあさんが出てきた。色の黒い顔に深く皺《しわ》が刻まれているが、目つきは鋭い。

「こんにちはーっ」

編集者は明るくいった。

「何、何よ。あんたら」

彼らのほうに歩いてくるおばあさんはとても小柄なのに、彼らを圧倒する迫力を持っていた。

「僕たちはこういう者です」

編集者が名刺を差し出すと、

「こんなものをもらっても、わかんないよ」

といってろくに見ようともしない。

「ここにはたくさんの鳥がいますよね。どうしてそういうふうになったか、話してもらえないでしょうか」

「そんなこと話したって、何もならない」

「いや、今の世の中でこんなたくさんの鳥を放し飼いにしている人なんていませんから、ぜひ、お話をうかがいたいのですけど」

タカユキも話しかけた。立っているおばあさんに向かって、おびただしい数の鳥が止まりにくる。セキセイインコ、オカメインコ、文鳥、ジュウシマツが家の中で飛び交って、けたたましく鳴き、なかには威嚇《いかく》をしているのか、三人に向かって飛んでくる鳥もいた。部屋の中をのぞくと、鳥の死体もそこここに転がっていて、全く始末されていなかった。古い箪笥《たんす》の引き出しの金具に、オウムが足を鎖でつながれていた。

「今日はだめだ」

おばあさんはつっけんどんにいった。

「それじゃあ、いつだったらいいですか」

編集者は食い下がった。

「来週」

「来週のいつですか」

彼とタカユキは思わずスケジュール帳を取り出した。

「来週」

おばあさんはそれしかいわなかった。

「わかりました。来週ですね。じゃあ、また来ますから、そのときはちゃんとお話してくれるんですね」

編集者が念を押すと、おばあさんははっきりした返事はせず、もごもごと口を動かしただけだった。

仕方なく三人は今日の取材を諦《あきら》めた。

「すみませんでした。おれの車で送ります。ちょっと待ってて下さい」

車を取りにいった編集者を待っている間、カメラマンはちゃっかりと、家の周囲の写真を撮っていた。

「よく病気にならないなあ。僕、アレルギーがあるので、もうくしゃみが出てきちゃって」

カメラマンは鼻をぐずぐずさせていた。

「あれだけたくさんいて、死んだのも放ったらかしなんだもの」

「それも鳥の餌《えさ》になるっていうことなんでしょうかねえ」

「さあ」

かわいがっているのか、虐待《ぎゃくたい》しているのかよくわからない彼女の生活に、タカユキは背筋がちょっと寒くなった。

タカユキとカメラマンは編集者の車で送ってもらった。途中の駅でカメラマンは降り、車の中は二人だけになった。

「毎日、顔を出してみるしかないですね」

「そうだね」

今後の予定について話をしていると、大きな交差点にさしかかった。停止した車の中で、何気なく反対車線を見ていると、赤から青に変わる瞬間、よたよたと老婆《ろうば》が横断歩道を歩きはじめた。車は勢いよく走りだした。

「あっ」

老婆の体が宙を飛び、どさりと首がねじ曲がった状態で道路に叩《たた》きつけられた。それなのに車は止まりもせず、老婆の体の上を走り抜けていく。

「どうしたんですか」

編集者がびっくりして運転しながらタカユキの顔を見た。

「今、そこで……」

彼が目撃した光景を話そうとすると、彼の耳元で、

「ううーっ、いたーい」

という女性の低いうめき声がした。息づかいまでわかった。はっとしてタカユキは声がしたほうを振り返ったが、もちろんそこには誰もいない。

「どうしました」

うめき声がタカユキのいおうとしたことを封じ込めてしまい、彼は、

「いや、何でもない」

といって、押し黙った。編集者は首をかしげていたが、特にそれには触れず、最近、編集部が仕入れた、政治ネタを楽しそうに話しはじめた。タカユキは上の空で相槌《あいづち》を打ちながら、交差点で見た光景を思い出した。

（あれだけの事故なのに、背後の車も反対車線の車も何の対応もしなかった。やっぱりあれは幻覚だったのだろうか。うめき声も幻聴だというのだろうか）

息づかいまで聞こえたうめき声は、風邪をひいたように彼の背中をぞくぞくさせた。

「今日はすみませんでした。また来週、お手数ですけどお願いします」

何も知らない編集者は、明るくいって帰っていった。

「じゃあ、また」

タカユキは手を上げて彼と別れた。マンションにまっすぐ帰る気になれず、レンタルビデオ店に立ち寄り、新着の映画のコーナーで三本のビデオを借りた。そして喫茶店でコーヒーを飲み、いつも通ったことがない道をぶらぶらと歩いた。

(いったい何なんだ、今日は)

いくら考えても頭は混乱するばかりだ。歩いているうちに、地元の旧家にさしかかった。この家の敷地はとても広く、普通の住宅地の二ブロック分くらいある。高い石塀がずーっと続いていて、家屋はもちろんのこと、庭の高い木のてっぺんくらいしか見ることはできない。

「いったいどんな人が住んでいるんだろうか」

そう思ってふと横の道を見ると、赤い毛糸の帽子に、紺色に赤い房飾りがついたセーターを着、薄汚れた白いベルボトムパンツを穿《は》いた男が、温泉場の風景写真が印刷された紙袋を振りまわし、スキップをしながらやってきた。

(変な奴《やつ》)

ところが周囲の人々は男には全く無関心で、すれ違ったおばさんでさえ、彼には何の関心も払おうとしない。

「あの男を変だと思うのはおれだけなのか」

タカユキは男がやってきた道を曲がった。男は旧家の塀に沿って道を曲がった。しばらく歩いて、タカユキは男が気になって、今来た道にあわてて戻ってみた。すると男の姿は忽然《こつぜん》と消えていた。そこには横に入る道などどこにもない。旧家の道路を隔てた反対側は公園になっていて、男がいればすぐわかる。しかしほんの何秒かの間に、男は姿を消してしまっていた。タカユキは大きくため息をつき、また首をぐるぐると回した。自分がいったい何をやっているのかわけがわからなくなった。

マンションに帰り、彼はすぐに洋画のビデオをセットし、テレビ画面に映し出した。そして音を聞きながら、焼きうどんを作り始めた。なるべく今日あったことは、思い出すまいとしていた。ビールの缶をテーブルの上に置き、ビデオを眺めながら焼きうどんを食べた。あとは連続でビデオを見続けるだけだ。ただ、だらだらと三本目のビデオを見ていると、携帯電話が鳴った。

「はい」

週刊誌の編集長からだった。

「あ、すみません、今日、取材ができなくて……」

タカユキがいいかけると、編集長は暗い声で、

「シカウチが亡《な》くなったんだよ」

と夕方、車で送ってくれた担当編集者の名前をいった。

「えっ、どうして」

「事故だ。場所は……」

それはタカユキが老婆がはねられるのを目撃した交差点だった。

「歩行者を避けようとして、ハンドルを切り損ねて激突したらしい。詳しいことがわかったら、また連絡するから。きみは昼間に会ったばかりで、ショックが大きいだろうとは思ったんだが。とりあえず連絡をさせてもらった」

タカユキはあまりのことに呆然《ぼうぜん》とし、

「ありがとうございました」

と力なくいって電話を切った。

「どうしてこんなことになったんだ」

人のいい彼の顔や、楽しそうに車の中で話している姿が目に浮かんできた。まだ子供も小さいはずなのに、本当に気の毒なことだと、何ともいえない気分になってきた。

彼の葬式は辛《つら》いものだった。幼稚園に通っている彼の娘がずっと泣き続けていた。

それでも週刊誌の企画は続行された。老婆のところに取材に行かなければならない。ところが別の出版社で打ち合わせ中に、新しい担当者から電話がかかってきた。

「例の鳥を飼っているおばあさんなんですけど」

「ああ」

「亡くなったそうです」

「えっ」

「姿を見なくなったので、隣の人が家をのぞいたら、亡くなっていたそうです。ずっと鳥が変に鳴き続けてたっていってました」

電話を切ったあと、タカユキは小声で、

「気持ち悪いな」

とつぶやいた。どうしておれのまわりで次々と人が亡くなるんだ。彼はぶるっと身震いをして、自分にまとわりついている気がする、不吉な物を払い落とすようにした。

その夜、彼は暗い気持ちで家にいた。外に出るのもだんだん気が重くなってきた。また何だかわからない出来事が起こるのではないかと疑心暗鬼にもなった。重苦しい気分のまま、彼はベッドに入った。いつもはすぐに眠れるのに、その日は寝苦しく何度も寝返りを打った。しばらくして彼は室内の妙な雰囲気で目が醒《さ》めた。暗がりで目を見開くと、自分の顔から十センチほどのところに、鳥をたくさん飼っていた老婆の顔があった。

「わっ」

彼はびっくりして顔をそむけた。するとそこには白い薄物のワンピースを着た女がいて、無表情の顔を寄せてきた。足元から何者かが掛布団《かけぶとん》の上に乗ってきた。赤い帽子をかぶった妙な男が、歯の抜けた口でへらへら笑いながら、タカユキに向かって手招きをした。

「やだ、ふざけるな。やめろ」

タカユキは大声で叫んだ。しかし彼らはそれでも彼ににじり寄ろうとする。夢なのか夢ではないのか、彼にはもう判断できない。

「やめてくれえ」

と叫びながら、部屋の隅に目をやると、そこにはぽつんとシカウチが立っていて、申し訳なさそうに、タカユキの顔を眺めていた。

合コン

マサシと会社の同僚の五人は、金曜日の午後六時半にスキップをしながら会社を出た。今夜は他社の女性社員と合コンがあるのだ。

「女の子の人数、ちゃんと確保してあるんだろうな」

二年先輩の小太りのオダが、幹事のホリに念を押した。

「おれ、いつもあぶれんだよ。セッティングした奴《やつ》がどういうわけか、女の子の人数を少なくしやがってさあ」

「大丈夫ですよ。それよりも、今日の女の子たちは、下着メーカーの子たちですから、変なことをあれこれ聞かないで下さいよ」

「わかってるよ、うるせえなあ。おれは人数がちゃんと揃《そろ》っているかだけが気になってんだ」

オダはそういい放った。マサシは腹の中で、

(女の子が百人いて、お前一人だけだって、カップルにはなれねえよ)

とつぶやきながら、前を張り切って歩くころころした彼の後ろ姿を眺めていた。

本当ならばオダはメンバーに入ってはいなかった。ところが合コンに対する嗅覚《きゅうかく》がものすごく、

「お前たちだけで楽しもうったって、そうはいかないぞ」

とむりやりに横入りしてきたのである。噂《うわさ》によると前回もやたらと自分をアピールしすぎて、自爆していたらしい。彼をどうするかという討議が、参加者の間でなされたが、ハンサムなのがやってきて、競争率が高くなるよりは、ああいうのが来たほうが影響がないんじゃないかという結論に達して、彼をメンバーに入れることにしたのだ。

「おおっ、ここだ、ここだ」

オダが大声を上げて、「洋風食堂」と黒板にチョークで書いてある店を見つけ、みんなを手招きした。奥の大きなテーブルには誰も姿を見せていなかった。

「おい、逃げられたんじゃあるまいな」

オダが疑いのまなざしでホリを見た。

「もうすぐ来ますから。大丈夫ですって。あせらない、あせらない」

ホリになだめられて、オダはいちばん奥の場所にでんと座って、短い足で大きく股《また》を開いた。他の男性四人はちんまりと椅子《いす》に座り、女性たちが到着するのを待った。ドアが開くと一同はいっせいにドアのほうを見、カップルだったりすると、ちょっとがっかりして視線をテーブルの上に落とした。マサシの隣の席のオダは、そのたびに舌打ちしていた。

そのとき、ドアが開くと同時に、華やかな女性の笑い声が聞こえてきた。

「あ、あそこに」

一人の女性がマサシたちがいるほうを指さし、小走りに走ってきた。

「よろしくお願いします」

一同はぺこりと頭を下げて、ちらっと相手方を観察した。すでにオダの鼻息は荒くなっている。

（お前、決めたかよ）

彼はマサシに耳打ちした。

「なんですか。別にホステスを指名しているわけじゃないんですよ」

「だってよう、最初っから決めていかないと、おれみたいなタイプは相手にされねえんだよ。押しの一手でいかないとさ」

オダは腕を組んで、何度もうなずいていた。

ビールやワインを頼み、最初はぎこちなかった双方も、だんだん話が盛り上がってきた。マサシは会話に加わりながら、五人の女性を物色した。

（幹事のミサキは明るくていいけど、ちょっと笑い声がでかすぎる。マユミはおとなしそうだけど、さっきからすごく酒を飲んでる。ミカは髪の毛を掻《か》き上げるのと、上目遣いが癖なのかな。ちょっと色っぽいタイプ。ハルミはミカと学生時代からの友だちだっていってたな。はきはきしていて感じがいい。ジュンコはまじめそうだ。彼女はよくとんちんかんなことをいっては、会話の流れを切ってる。場を読めない性格なのかも）

一方、オダのほうは、ミカにターゲットを絞ったらしく、目の前に座っているジュンコを完全に無視して、身を乗りだしてミカに話しかけていた。それもライバルを蹴《け》落《お》とそうと、同僚のことを、

「あいつは風俗が好きなんだ」

「こいつはマザコン」

マサシは、

「宝くじを買うのが趣味なんだぜ、こいつ。情けねえだろ」

といわれてしまった。彼らは表面上は笑いながら、

(ふざけんじゃねえよ)

と腹の中で思っていた。

三時間ほどそこで盛り上がったあと、みんなでカラオケに行くことになった。ところがマユミが泥酔《でいすい》してしまい、たまたま同じ沿線に住んでいるジュンコが送っていくことになり、一気に女性が三人に減ってしまった。

「ま、いいか。大勢に影響はない」

オダはタクシーに乗った二人を見送りながら、つぶやいた。

カラオケボックスで、マサシはハルミのそばに座り、自宅の連絡先を交換してもらえないかと、こっそりと声をかけた。はきはきして感じがいいところが気にいったのだ。するとすぐに自分の自宅の住所と電話番号を名刺の裏に書いてくれた。

「ミカさんと友だちなんでしょ」

「そうなの。まさか同じ会社に就職するとは思わなかったわ」

ホリは幹事同士でミサキと話している。オダはミカをしつこくデュエットに誘っていた。他の二人は帰ってしまったマユミが目当てだったらしく、男二人でやけになって飲んだり歌ったり踊ったりしていた。

「マユミには彼氏がいるのよ。実はドタキャンした子がいて、人数合わせで連れてきたの。お酒が好きだから、ただで飲ませてあげるからっていって、ミサキが呼んだのよ。これ、内緒よ」

とハルミは唇に人差し指を当てた。

「何だよう。きみたち、そんな秘密のお話なんかしちゃってんの」

暗い二人がグラスを持ってやってきた。

「うるせえな。あっちへ行けよ」

「だって、あっちはあっちでくっついちゃってるんだもん。あーあ、マユミちゃん、帰っちゃったからなあ」

「ねーっ」

二人はお互いを慰め合っていた。オダは相変わらずマイクとミカの手を離そうとはしなかった。

オダがトイレにいったすきに、ミカはハルミのほうにやってきた。

「もう、ずっと手を握るんだもん。脂手《あぶらて》だから、べたべたしていやになっちゃう」

彼女はおしぼりで手を必死にこすった。

「ごめんね。あの人、ちょっとしつこいところがあるから」

マユミ目当ての二人が、あやまった。

「うーん、ま、別に、いいけどお」

ミカは右手に赤ワインが入ったグラスを持ち、左手で髪の毛を掻き上げながら、ワインを飲んだ。肌の色が抜けるように白くて、はかなげな印象がある。

(やっぱり、いいよな、ミカちゃん)

マサシの心はぐらりと動いた。しかしハルミの連絡先を聞いた以上、露骨に彼女の電話番号を聞くのは、いくらなんでも憚《はばか》られる。しかしかといって、諦《あきら》められるのかといったら、それはまた別だった。

トイレから戻ってきて、ホリとミサキがデュエットをしているのを見たオダは、

「いいなあ、ちくしょう」

とぶつぶついった。まるで練習したような見事なハーモニーの二人の歌を聞きながら、オダはふてくされた。もちろんミカのそばからは離れず、一生懸命に話しかけている。いったい何をいっているのかと、マサシが聞き耳をたてると、

「女の子は男から思われているほうが幸せだ」とか、「やはり適齢期はある」とか、説教じみたことをいっていた。

(だめだね。これは)

マサシはふふんと笑って、二人から離れた。

ホリとミサキ、オダとミカ、マサシとハルミ、そして余った男二人は、それぞれカラオケボックスでの二時間を過ごした。女性三人は住んでいる場所が近いというので、一緒にタクシーに乗って帰っていった。

「さようならあ」

男五人は女性三人が乗ったタクシーが、角を曲がっていくまで手を振った。そして合コンの感想などを話しながら、それぞれの家に帰っていった。

マサシは翌日、アパートの部屋で、何度もハルミの名刺を取り出しては眺めた。

「やっぱり電話をしたほうがいいよな。電話番号を聞いておいて、知らんぷりっていうのはまずいもんな」

しかし彼の頭の中にはミカの姿が、こびりついて離れなかった。オダがああいう調子だから、ほとんど話ができなかったが、男が引き込まれるような女性だった。

「いいよな、ミカみたいなタイプは」

マサシはもう一度、迷いながらハルミの名刺を眺めた。

月曜日、出社するとオダがにやにやしながら近づいてきた。

「おれ、すぐに電話して、土曜日、ミカちゃんとデートしちゃったもんね」

オダはうれしそうに腹をせりだして、自慢をした。

「えっ、本当ですか」

「これだと思った女にはな。ぐいぐいいかなきゃだめなんだよ。ぐいぐいいっとな」

彼は右手の握り拳《こぶし》を何度も突きだした。

「でも、女の子とつき合うっていうのは、金がかかるよな。『買ってえ』なんて甘えられてさ、グッチのバッグなんか、買ってやっちゃった」

(いやがってたはずなのに。ミカは割り切ってつき合おうとしているのか。それとも熱意にほだされて、気が変わったのか)

マサシは、ハルミよりもミカのことが気になって仕方がなくなってきた。

午後、ハルミのほうから会社に電話がかかってきた。

「あ、どうも……」

すぐに言葉がみつからず、マサシはしどろもどろになった。

「この間はとても楽しかったです……」

ハルミはよどみなく話しはじめた。

「ああ、はい、そうですね」

「よろしかったら、今日の夜、ご一緒にお食事なんて、いかがですか。なんか逆ナンみたいだけど」

ハルミはふふふっと笑った。

「あ、ああ、いいですよ」

マサシはほとんどぼんやりしながら、ハルミが指定した場所をメモに書き取り、静かに受話器を置いた。

「逆ナンみたい……か」

夜、ハルミはレストランに先に来て待っていた。

「急に約束なんかしちゃって、ごめんなさい」

「ああ、いや、そんなことはないけど」

この間よりも華やかに見える。香水もつけているような気がする。食事をしながらの話は、一方的にハルミのペースで進められた。女性が喋《しゃべ》るのを聞いているのは嫌いじゃないので、マサシは、

「ふんふん」

とうなずきながら食事をしていた。彼女はどうしたら将来、マーケティング部の部長になれるかということを、熱心に話し続けていた。

「そういうふうに、ちゃんと話を聞いてくれる男の人って、なかなかいないのよね」

うっとりとした目で、彼女はマサシを見た。

「えっ」

「あなたって、本当に優しい人だわ。ハンサムじゃないんだけど、女性を安心させる雰囲気を持っているわね」

「……」

気恥ずかしくなったマサシは、何もいわずにワインをがぶっと飲んだ。

食事のあとは、これもハルミに誘われて、こぢんまりしたバーにいった。彼女はとても積極的にマサシにアプローチをしてきた。悪い気持ちはしないが、ミカの顔がちらちらと浮かんでくる。

(まいった。おれが連絡先なんか聞いたのがまずかったか……)

明らかにハルミはその気になっていた。

(ま、いいか。あっちはその気みたいだし)

マサシはちゃっかりとハルミと一夜を過ごしてしまった。

それからのハルミの攻撃は大変なものだった。会社で連絡がとれないと、アパートに電話をかけてきて、二人の将来について話しはじめる。

「あの、ちょっと待って。話を進めすぎるのが早くない？」

「そんなことはないわよ。私も二十五だし、すぐ子供も欲しいし。三十歳までに子供を生んで、それから会社の仕事に集中したいのよ」

そうはいわれても、すぐに彼女の人生に自分が関わらせられるのは、ちょっと困る。

「とにかく、その話は待って。おれは今、そんな気にはなれないから」

「えっ、じゃあ、どうしてあんなことをしたの。どうして私の連絡先を聞いたのかな？」

冗談めかして明るくハルミはいった。性格のいいハルミだったが、こういうまじめで純粋なところが、マサシにはだんだん鬱陶《うっとう》しくなってきた。

「ごめん。おれはまだ、結婚とかいう気にはなれないんだ」

彼は電話を切った。

そういっても会社には毎日、ハルミから明るい声で電話がかかってきた。会社の仕事が終わらないからと嘘《うそ》をついても、

「大変ね。御仕事がんばってね。無理しちゃいけませんよ」

と優しくいってくれる。マサシは罪悪感にとらわれていた。オダのほうは相変わらず有頂天だ。

（楽しそうにやってるな）

　会社にいる限り、自分の目の前の電話が鳴ったら、取らなければならない。呼び出し音が鳴るたびに、またハルミではないかと、気が重くなる。暗い気持ちで受話器を取ると、

「もしもし？」

　と聞き慣れない女性の声がした。

「ミカです」

　マサシは一瞬、耳を疑った。

「ミカって、ミカちゃん？」

　受話器を手で覆《おお》い、マサシは背中を丸めた。

「うん、そう」

「きみ、オダ先輩と……」

「なんだかいろいっってるんでしょ、きっと。面倒くさいからおつき合いしてあげてるだけ。ねえ、今晩、会えないかな」

　マサシは一も二もなく、

「会うよ。会う、会う」

　と返事をして、学生のときに昔の彼女と、誕生日祝いの食事をしに行った、レスト

ランの名前をいい、そこで待っていてくれるようにといった。

「わかった。じゃあ、あとでね」

電話が切れたあとも、マサシはぼーっとしていた。そーっとオダのほうを見ると、小太りの体をぶりぶりさせて、パソコンのキーを叩《たた》いていた。

会社が終わるのももどかしく、マサシは会社を飛び出した。

「どうしておれに電話なんか。先輩とのことはいやがっているみたいだし。まさか……、まさかな。そんなことは……」

首をかしげるのと、期待に胸をふくらませるのが半分半分といった心持ちで、彼はレストランに向かった。ミカはまだ来ていなかった。からかわれたのかなと不安になりながら、通りに面したガラス窓を見つめていると、十五分遅れでミカはやってきた。彼女が店に入ってくると、若いウエイターたちの目がぐっと見開かれたのがわかった。そんな彼女が自分のテーブルに歩いてくるのが、誇らしく思えた。

「ごめんね、髪の毛の形が決まらなくって。会社にムースを持ってくるの、忘れちゃったのよ」

そういいながら彼女はゆっくりと首を横に振った。肩ほどの髪の毛がふわっと揺れた。

「きれいになってるよ」

「あら、そう」

ミカは向かいの椅子《いす》に座り、

「お腹《なか》すいちゃった」

といって、ウエイターが持ってきたメニューをのぞき込んだ。

頼んだ料理を待っている間、マサシは、

「オダ先輩のことだけど、いいの」

と聞いてみた。

「私とあの人との間には、何もないわよ。毎日しつこく電話がかかってくるから。私も暇だし、食事もおごってくれるし、じゃ、いいかなっていう感じ。ただそれだけよ」

「じゃあ、つき合ってるってわけじゃないの」

ミカはぷっと吹き出し、

「あたり前でしょ。どうして私があの人とおつき合いしなくちゃならないの？」

「でも得意そうに、ミカちゃんにグッチのバッグを買ってやったって、自慢してたから……」

「えー、そんなこといってるの？　たしかに買ってもらったけど、あれはそうでもしなくちゃ私の気分が晴れないっていうことよ」

　同じ男からしたら、女性からそんなふうにいわれたら身も蓋《ふた》もないが、今のマサシはミカにはその気がないということがわかって、それだけでほっとした。

　ミカはハルミと同じように、一人で楽しそうに喋るタイプだったが、ハルミのような会社関係の仕事の話ではなく、ハワイに旅行に行ったときの話とか、パリの格安駆け足旅行の話とか、マサシも口をはさめる話題だった。外見は色っぽいのだが、話している間は明るい女性だった。しかし言葉がとぎれたときに、また色っぽい表情に戻るので、マサシは彼女の顔を見ているうちに、くらくらしてきた。頭の中からは、きれいさっぱりハルミのことは消えていた。

　ハルミからの熱心な誘いをうまく断りながら、マサシはミカとのデートを重ねていた。これまで彼は、交際していた彼女から、誕生日やクリスマスなどに半強制的にプレゼントを買わされたことはあった。カップルの決まり事みたいなところがあり、自発的というよりは、やらされているという感じもしていた。ミカも同じだが、物をねだるときに、

「好きな人に買ってもらいたいの」

といったりする。そしてそのあとに、

「宝くじ、どーんと当たるといいねえ。一億円くらい。そうしたらあなたに買ってもらいたいものが、いっぱいあるの」

そういわれるとマサシは抵抗できずに、でれーっとしてカードを財布から出してしまうのだった。まじめで心根が優しい人がいいといいながら、ミカみたいなタイプにいい寄られると、ぐらーんときてしまう。おれって節操がないのかといいながら、ハルミからの誘いを断る回数が多くなり、ミカとひんぱんに会うようになっていった。いくら断ってもハルミはマサシの行動を疑う様子は全くなく、いつも彼の体をいたわってくれた。彼の罪悪感がつのると、自分をこんな思いにさせたハルミに対して、嫌《けん》悪感《おかん》まで生まれてきたりした。彼のなかではこのまま、断り続けたら、いくら人のいいハルミでも勘づいて、自分から離れていくだろうと、それに期待するようになった。

ミカと会っているときに、ハルミの話は全く出なかった。合コンでマサシと彼女が仲よく話をしていたことを、ミカも知っているはずだ。しかし彼女はハルミとはどうなっているのかと、マサシにひとこともたずねることはしなかった。合コンがあってから三ヶ月が過ぎ、ミカとマサシは恋人同士といった関係になっていった。彼の思惑とは裏腹に、断る理由に困り、ハルミとも時には会うはめになってしまっていたが、マサシはそのことをミカには黙っていた。ハルミとはすぐにでも縁を切るつもりだったからだ。しかしいざ、彼女と面と向かって会うと、不機嫌な顔しかすることができず、それに対してまた彼女がいたわってくれたりして、マサシは別れを切り出すことはできなかった。

春先の金曜日、ミカとマサシは合コンをしたレストランで食事をした。

「三ヶ月なんてあっという間ね。いちばん最初にここで会ったんだものね」

ミカは鼻声でいった。会社でオダが、

「ミカちゃんに『好きな人ができたから、もう会わない』っていわれちゃった」

とがっくりしているとマサシが話すと、彼女はけらけらと笑っていた。

「ここを出たら、ちょっと散歩しない？　暖かいし気持ちがいいよ、きっと」

マサシはうなずいて、二人で手をつないで店の外に出た。

「！」

そこにいたのは、スーツ姿で仁王立ちになっているハルミであった。マサシは声を出すこともできず、まず、鬼のような形相のハルミの顔を見つめたあと、隣にいるミカの顔を見た。ミカはハルミの姿を見ると、ますますマサシにしがみつき、ハルミを見下すような顔で笑っていた。

今まで聞いたことがない声でハルミは怒鳴った。道行く人々がびっくりして振り返った。

「何なのよ、これは！」

「どうして……。どうしてここにいるのが……」

「ミカが喋《しゃべ》ったの、ここでデートするって。昨日の夜、電話で話していて、好きな人ができたっていうから、誰って聞いたらあなただっていうじゃないの。私とあなたがつき合っているって知っているくせに、まるで泥棒ネコみたいに、間に割り込んできて。ふざけるのもいい加減にしなさいよ」

周囲の人々がにやにやと笑いながら通り過ぎていく。なかには、

「もてる男はつらいねえ」

などという声も聞こえた。

「だって、二人がつき合っているなんて、私、知らなかったもん」

「うそよ。合コンのときに私たちがずっと一緒にいたのを見てるじゃないの」

「一緒にいたからって、そのあともつき合ってるかどうかなんて、わからないでしょ。だってハルミ、私に彼とつき合っているなんて、ひとこともいわなかったじゃない。だいたい合コンが終わったあと、『気に入った人はいなかった』っていってたじゃな

い」

ハルミは一瞬、たじろいだが、

「いう必要なんかないわ」

とぷいっと横を向いた。

「私は友だちとして、正直に自分のことを話したのに。黙っているほうが悪いのよ」

それを聞いたハルミは、

「ちょっとあなた、離れなさい。どうしてそんなにくっつくのよ」

といいながら、ミカとマサシの手を、力ずくで離させようとした。驚愕《きょうがく》した彼はすでに指の力を抜いていたが、ミカはよりしっかりと手を握ってきて、意地でも離れないといった様子だった。

「やめてよう。いたあい、いたあい」

「あなたって学生のころからそうだったのよ。人の彼ばかり横取りして」

そういいながらハルミはぐいぐいと力を入れて、がっしりと組んでいるミカの指をはずそうとした。マサシの手もハルミの爪《つめ》で引っかかれた。

「いたあい、助けてえ」

二人の手は離された。ミカの叫び声を聞いて、わらわらと周囲には人が集まってき

た。しまいにハルミは、ハイヒールでミカに蹴《け》りまでいれていた。するとミカも反撃にまわり、

「きーっ」

と叫びながら、ハルミの顔に爪を立てた。

「ちょっと、やめて、やめて」

マサシが喧嘩《けんか》をやめさせようとすると、他の男性が、一緒になって仲裁に入ってくれた。どうやらマサシのことを当事者ではなく、女性同士の喧嘩の仲裁にはいった人と勘違いしているらしかった。マサシは思わず、

「すみません、後はお願いします。僕、用事があるので」

といい放った。それを聞きつけたハルミは、

「逃げる気ね。そんなこと許さないわよ！」

と叫びながら、両手に持ったバッグと紙袋で、ぼこんぼこんと音がするくらい、マサシの頭や顔や体を何十発も殴った。鼻血も流れてきた。

「ひいっ」

マサシは必死に両腕で頭をかばい、その場にうずくまった。気を失うかと思ったくらいだった。見物人はそれを見て、げらげらと笑っている。

「そのくらいで勘弁してやってよ」

仲裁に入った男性が、ハルミを押しとどめ、彼女は肩で息をしながら、マサシをにらみつけた。おそるおそるマサシが顔を起こすと、いつの間にかミカは姿を消していた。

「ちょっと、来て！」

見物人の視線を浴びながら、彼はハルミに腕を引っ張られ、近くの公園に連れていかれた。あちらこちらのベンチでは、若いカップルが熱く抱擁している。

「座って」

ハルミはベンチを指差した。マサシは痛む頭をさすりながら、おとなしく腰を下ろした。彼女は横に座ると、

「ごめんね」

といって、彼の頭や顔をさすった。

「本当にごめんね」

何度も何度も彼女はあやまった。彼は何もいえずただ黙っているだけだった。

「あなたは私にとって、大切な人なの。それだけはわかって。私の気持ちをわかってほしいの」

やっぱり何もいえない。

「ごめんね、本当にごめんね」

ハルミはそういい続けた。

「いいよ、もう。おれも悪かったし……」

マサシはぼそっといった。

「私たち、出会うべくして出会ったのよ。だって神様は、赤ちゃんまで先にプレゼントしてくれたんだもの」

彼女はうれしそうにいった。

「は？」

マサシが聞き返すと、彼女の形相はころっとかわり、

「だからあんた、もう私から逃げられないのよ！」

と彼を怒鳴りつけて、また顔面を殴った。

「ひいっ」

彼は思わず腕で顔をカバーしながら、

（あれだけくじ運が悪いのに、どうしてこんなときに大当たりなんだ）

と、体中から力が抜けていった。

「これからも私にさからうと、こういう目にあうんだからね。よーく覚えときなさいよ」

そういってハルミは、血のついたマサシの顔をつねり、にやっと笑った。

溺《でき》
愛《あい》

スギウラヤスオ、モトミ夫婦の一人息子、ヒロシは大学三年生である。服装が自由な私立大学の付属高校に通っていたので、当時から髪の毛を伸ばし、茶色く染めていた。夫は、

「すぐに切らせろ」

とモトミにいっていた。モトミにとってヒロシは自慢の息子であった。幼稚園や小学校に通っているときに描いてくれた、

「おかあさんのえ」

を今でも大切にしていて、少ないお小遣いをためて、プレゼントをしてくれた髪留めやリボンは宝物であった。母親の目からみて、ヒロシの格好は似合っていた。

「ジャニーズ事務所にいれればよかった」

とちょっとだけ後悔したこともある。不細工《ぶさいく》な子がタレントを真似《まね》してやっている

のなら、すぐにやめさせるけれども、背がすらっとしているヒロシには、似合ってい
た。ヒロシが髪の毛を伸ばしはじめ、そして染めたときも、実はモトミは、
「まるでモデルみたい」
と内心、うれしくてたまらなかった。ああいう若い男の子が、自分の息子であるの
が、とてもうれしかったのだ。
ところが夫はみっともないの一点張りだった。
「それじゃあ、あなたがいえばいいじゃないの」
といっても、注意しようとはしない。いくらいっても息子に文句をいおうとしない
ので、しつこく理由を聞いてみたら、会社の同僚で息子の態度や服装を注意したとこ
ろ、一発、パンチをくらわされて転倒し、病院通いをしている人がいるので、そうな
ると恐《こわ》いからと白状した。
「それじゃあ、なに？　ヒロシがそんな暴力をふるうとでもいうの？　あの子はそん
な子じゃないわ。とっても優しい子よ」
「だって、殴られた奴《やつ》の息子だって、小学生のときに会ったことがあるけど、おとな
しいいい子だったんだよ」
「小学生のときにいい子だったからって、大きくなってそうかはわからないじゃない。

でもうちのヒロシは違うの。昔からずーっといい子。反抗期のときに私たちと話さなくなったときは、心配したけど、今はそんなこともないじゃないの。自分の息子を信じられないの？ だいたい、髪の毛が長いからとか、染めてるからとか、あれが普通なのよ。いちいち文句をいうようなことじゃないわ」

「何をいってるんだ。みっともない。黒い髪が日本人にはいちばん似合うんだ」

「頭が古いわねえ。そんなことじゃ会社の若い人たちにも嫌われるわよ」

「うるさい。おれはヒロシのことをいってるんだ」

「同じですよ。若い人は流行に興味があるのよ。おまけにあの子は似合ってるじゃないの。テレビに出ているタレントよりもずっとかっこいいわ」

「ば、ばかな」

夫は吐き捨てるようにいった。

「お前は甘すぎるんだ。あんな女みたいな頭にして。就職するときはどうするんだ。あんな格好じゃ、ただでさえ不景気だっていうのに、どこにも就職できないぞ。だいたいなあ、男の子は私立の付属に入れなくていいんだ。公立に入れて、揉《も》まれて叩《たた》き上げていってこそ、根性がつくんだ。それなのにお前が甘やかすからあんなふうになったんだ」

「就職のときになったら、それなりにちゃんとしますよ。あの子だってばかじゃないんだから。それに子供に受験で苦労をさせたい親がどこにいますか。合格したんだから行かせてやりたいと思うのは、当然の親の気持ちでしょ。それに女みたいな頭でどこが悪いのよ。男の頭、女の頭って、誰が決めたのよ。根性なんて。今さら、古いわよ」

話しているうちに、かわいいヒロシのことをあれこれいわれ、モトミは腹が立ってきて、口調がきつくなった。これ以上、息子のことをいうと、とんでもないことになると考え、きっと目をむいている妻の前で、夫は口が重くなった。

「本当にあなた、考え方が古いわよ。あなたもうちょっと世の中を見たほうがいいわよ。会社と飲み屋の行き帰りだけじゃ、だめなんだから」

勝利を確信したモトミは、ふふんと笑いながら最後にそういい放った。不本意ではあったが、夫は、

「うーん」

とうなって、その場をおさめることにしたのである。

モトミは、二十歳を過ぎた息子を、小学生のときから同じように、

「ヒロシちゃん」

と呼んでいた。朝は、

「ヒロシちゃーん、起きなさい」

と二階に向かって叫ぶ。夫はすでに食事をすませ、新聞を読んでいる。たまに、

「小学生じゃあるまいし。起きるまで放っておけ」

と叱《しか》られることもあるが、モトミは完全にそれを無視し、ヒロシを起こすことをやめようとはしなかった。

ぼわーっとあくびをしながら、ヒロシが降りてくる。肩まである髪の毛は広がり、Tシャツを着て、だぼっとしたスウェット素材の半ズボンを穿《は》いている。それでもモトミにとってはかわいい息子にはかわりはなかった。

「ヒロシちゃん、何を食べる？　ゆでたまごでいい？　それとも目玉焼きを焼いてあげようか？」

ういういしい新妻のように、ヒロシに声をかけると、

「うーん、目玉焼き」

と彼はうれしそうにいう。するとモトミはにっこりとうなずいて、目玉焼きを焼くのである。それも卵を二個使った、本当の目玉焼きである。夫には櫛《くし》形に切ったゆで卵一個と、サラダだけだ。たまたま二人のやりとりを聞いていた夫が、

「どうしておれは卵が一個なんだ」

と聞いてきたことがあった。モトミはすかさず、

「これから歳《とし》をとるばかりなのに、どうして栄養を摂《と》る必要があるのよ。それでなくたって、お腹《なか》が出てるのに。ヒロシちゃんはこれから先が長いんだから。足りなかったら自分でやれば」

といってやった。ヒロシは、

「あははははは」

と肩を揺らして笑ったあと、

「おやじ、せこーい」

といいながら、コーヒーを飲み、思いだし笑いをして噴《ふ》きそうになっていた。

「はーい、お待たせしました」

目玉焼きの横には、ベーコンを三枚、付けてあげた。うらやましそうな顔をして、じーっとベーコンを見ている夫を無視して、モトミは自分も座り、夫と同じメニューの朝食を食べはじめた。モトミの感覚では、大好きなかわいい若い男との生活に、年配の男が居候《いそうろう》している気分であった。モトミはそんな夫の気持ちを理解しようと思わなかったし、すでに夫のことなど、どうでもいいと感じていたのである。

武道をやらせたいといっていた夫の意見を押し切って、ヒロシが小学校の高学年のときにスケートボードを買ってやったのも、モトミであった。夫にスケートボードに乗っているのがばれて、

「ボードなんか捨てる」

といわれたときも、モトミとヒロシは結託し、半泣きになって抵抗した。二人の結束は強く、根負けした形で夫はヒロシのスケートボードを許す形になった。

モトミは、ヒロシのやることは何でも喜んで手助けしていた。欲しいといった物は何でも買ってやり、ヤスオとの間で口喧嘩《くちげんか》などのトラブルが起きると、すぐにヒロシ側について、ものすごい勢いで反撃をした。外敵から雛《ひな》を守る母鳥のようであった。

モトミにとってヒロシは宝物であった。この世の中で、あんなに性格がよく、ハンサムでスタイルがいい子はいないと思っていた。同年配の子供を持つ母親と雑談していると、

「うちの子、私が少しでも文句をいうと、『うるせえな、このくそばばあ』っていうのよ」

「あら、うちなんか、『てめえなんか、どっかにいっちまえ』なんていうわよ」

という話が出る。モトミは、

「あら、そうなの」

と相槌《あいづち》を打ちながら、ヒロシは自分に対して、そんな言葉を吐いたことがないと、優越感に浸っていた。ヒロシは小さいときから優しい子供だった。難産で生まれ、生まれた直後も泣き声が聞こえずに、モトミはベッドに横たわりながら、不安でたまらなかった。しばらくして泣き声が聞こえたとき、自然と涙が流れてきたのである。よちよち歩きのころは近所の公園まで、毎日手を引いて歩いた。車を見ると、

「ブーブー」

と指を差し、犬がやってくると、恐がりもせずに、

「わんわん」

といって近づこうとした。抱《だ》っこをすると乳くさいような甘いような匂《にお》いがした。

当時の写真を見ると、モトミはあまりにいじらしく、かわいくて涙が出そうになる。水疱瘡《みずぼうそう》、風邪、はしかなどで、寝込むたびに、

「早く治ってほしい」

と祈るばかりだった。近所の奥さんから、

「男の子は女の子に比べて、病気をしがちなのよ」

といわれて、そんなものかと安心したりはしたのだが、それでも具合が悪くなると、

「ああ、私が代わってやれれば」

とそればかり思っていた。

モトミの心は張り裂けんばかりになっているのに、そんなときでも相変わらず夫は、酒を飲んで帰ってきた。

「子供が熱を出しているっていうのに、心配じゃないの」

そのたびになじると、

「うるさい。男には仕事があるんだ。いちいち子供が熱を出したくらいで、早く帰れるか」

という言葉が返ってきて、モトミは、

(ヒロシが元気になったら、離婚してやる!)

と何度も考えた。しかしヒロシが元気になるところっとそんなことを忘れてしまい、日々の雑事に追われた。

中学生になると反抗期がおとずれた。夫はもちろん、モトミともひとことも話さなくなった。

「うちの人と話さないのはわかるけど、あんなに欲しがったスケートボードを買ってやった私に対してもなぜ」

モトミは納得がいかなかった。

「ヒロシちゃん、今日は何時ごろ帰るの」

返事が返ってこないのがわかっていても、モトミは母親として声をかけ続けていると、そのうちぼそっと話すようになり、そして前のモトミに優しいヒロシに戻っていた。そして最近は、仲のいい母親と息子という関係が続いているのだ。

ヒロシはこれまで、家にガールフレンドを連れてきたことはなかった。

「彼女いるんでしょ」

大学に入ってすぐ、モトミは胸をどきどきさせながらヒロシに聞いた。十八にもなったのだから当たり前だという気持ちが半分、うなずいてほしくない気持ちが半分だった。すると彼は、

「いるわけないじゃん」

と即座に答えた。

「あーら、だらしがないわねえ」

といいながら、モトミはほっと胸を撫《な》で下ろした。男友だちとばかり集まって遊んでいるから、女の子と遊んでいるより面白いに違いないと信じていた。

ところがそのヒロシが、

「女の子を家に連れてくる」

といった。モトミは仰天した。

「ま、まさか。あの、あの、その、将来のことを約束したとか、あう、あう……」

しどろもどろになっていると、ヒロシは苦笑いをしながら、

「そんなわけないじゃん。ただの友だちだよ、友だち。どんな家か見たいっていうから、連れてくるよ」

といった。

「ああ、そう」

深く息を吐きながら、

（家を見たいって、どういうこと？）

とモトミは首をかしげた。しかし、将来、どうのこうのといった仲ではないらしいということとだけはわかって、とりあえずヒロシのガールフレンドがやってくるのを待った。

（いったいどういう子なのかしら）

ちょっと腹が立つのと同時に、かわいい女の子だったらいいなと思ったりした。

土曜日の午後、駅まで出迎えに行ったヒロシと連れだって、彼女はやってきた。

「入れよ」

ヒロシの後について玄関に入ってきた女の子を見て、モトミは失神しそうになった。テレビで見た、渋谷で遊び呆《ほう》けている若い女の子、そのままだったからである。金髪と黄土色のだんだらのロングヘアーに黄土色の顔。目の回りを光る水色のアイシャドーでべったりと塗り、口紅は白だ。とてもじゃないけど感じがいいとはいえず、とにかく清潔感がこれっぽっちもない子だ。襟ぐりの深い水色の薄手セーターは、細い体に不似合いな大きな胸のために丈がひっぱり上げられて、腹が見えている。白地にピンクのハイビスカス柄のスカートは、まるで腹巻きほどの長さしかない。どんと後ろからつきとばしたら、あっという間に胸から倒れるような体型だ。彼女は十五センチのヒールのサンダルを履いて、よたよた歩いてきた。安物の靴なので、歩くとぽっくん、ぽっくんと音をたてるのも耳障《みみざわ》りだ。

「こんちはー。ハーイ、マミー」

彼女はそういいながら黒いマニキュアをした長い爪《つめ》の手を振った。モトミはあまりにびっくり仰天して、何もいえずに、ただ呆然《ぼうぜん》と立ちつくしていた。

ずんずんと居間の中に入り、二人はソファに並んで座っている。女の子は物珍しそうに部屋の中をぐるぐると見渡し、話しながらヒロシの手や肩に触れたりしている。

（何なのよ、あの子は）

　ひどく不愉快にはなったが、お茶を出さないわけにもいかず、モトミはコーヒーを二ついれて二人の前に置いた。

「コイケサキさん」

　顔がこわばったままのモトミに、ヒロシはぶっきらぼうに紹介した。そのいい方から、二人がまだ深い仲ではないことを感じ取ったモトミは、ちょっとほっとした。

「こんちはー、ハーイ、マミー」

　またサキは同じように手を振った。まつげにはべったりとマスカラが塗られ、いったいどういう目をしているのかはっきりとわからない。不細工《ぶさいく》とか何とかいうよりも、人間離れしている顔だ。そんな子に、

「ハーイ」

　と手なんか振れるわけがない。モトミはむっとして、

「サキさんは外国の方？」

　と聞いた。すると、

「いやーん、ヒロシのママって、ちょー、面白ーい」

　といって、彼女は大げさに足をばたばたさせて大笑いした。モトミの目に、彼女の

穿《は》いている下着がちらちらと見えて、はらわたがだんだん煮えくりかえってきた。

「あっ」

サキはコーヒーを見て、わざとらしく人差し指をくわえた。そして身をくねらせながら、ぐふんぐふんと小声で何やらヒロシの耳元にささやいた。

「あ、そう」

ヒロシはうなずいた。

「熱い飲み物は飲みたくないっていうから、何か冷たい物ない？」

「ごめんなさーい、すみましぇーん」

サキは肩をしゅーとすぼめて、かわいこぶって、何度も頭を下げた。

「はいはい、わかりましたよ。冷たいのがいいのね」

モトミはぶつぶついいながらキッチンに戻り、冷蔵庫の中のずいぶん前からヒロシがいれっぱなしにしていたウーロン茶に、氷をいっぱいいれて出してやった。

「ありがとうございまちゅー」

身をくねらせてサキはウーロン茶を飲んだ。

「あ、あれ何？」

「あれはね、おやじがドイツに出張に行ったときのおみやげ」

「えー、ヒロシのパパって、仕事で外国に行ったりしてるんだ。かっこいー。何だかさあ、カーテンとかあ、テーブルとかあ、みんな金がかかってそうなものばかりじゃん。あんたんち、金持ちなんだねえ」

サキは中腰になって、室内を物色している。まるで目の前にモトミがいないかのような態度であった。

モトミはむっとした表情でヒロシをにらみつけた。

「へ？」

ヒロシはどうして母親がそういう顔をしているか、全くわからないようだった。

「ねえ、ヒロシい。あたし、あんたの部屋も見てみたいなあ」

サキは、彼にしなだれかかった。

(何ですって)

かーっとモトミの頭に血が上った。

「そう、じゃあ来なよ」

と立ち上がったヒロシのあとを、二人の仲を邪魔するようにくっついていった。

「いい部屋じゃん。明るいし広いし。いいなあ、こんな家に住めて。あたしも住みたくなっちゃった」

サキはそういいながらベッドに座って、足をぶらぶらさせた。

(あー、やだやだ)

腕を組んで入り口で仁王立ちになりながら、モトミはむかむかしていた。サキは彼の部屋の中を興味深げに眺め回したあと、

「ねえ、他の部屋はどうなってんの」

といいながら、夫婦の寝室やら、ヤスオの書斎、モトミの部屋、風呂場《ふろば》、トイレ、洗面所など、すべてのぞいた。

「いいなあ、金持ちで」

サキは居間に戻り、貧乏ゆすりをしながらウーロン茶を飲んだ。

「そんなことないよ。おやじはサラリーマンだもん」

「だって、家、ちょー広いじゃん。よさげな物ばっかしだしさ。ね、あれ気に入っちゃったから、くんない?」

サキは居間に飾ってあった、小さな花瓶《かびん》を指さした。

「え、あれ?」

その花瓶はヤスオとモトミが新婚旅行のときに買い求めた物だった。モトミは、なるべく感情が表に出ないように、

「あれはね、私とお父さんとの記念の品物だからだめなのよ」

といった。腹の中では、

（いったい親にどういう躾《しつけ》をされてるんだ）

とサキに憎しみさえわいてきた。いつサキが帰るかと、モトミは気になって仕方がなかった。雰囲気を察してか夕方前にサキは帰るといいだした。

「今日はどうするんだ？」

「うーん、タカユキとかあ、ミキに連絡してみる。またいつものところでくだまいてると思うけどさあ」

そういってサキは腰を上げた。そして、

「暇だったらヒロシも来て。じゃあ、マミー、さよならー」

といって帰っていった。

窓から彼女が歩いていったのを見届けてから、モトミは、

「何なのよ、あの子は！」

と激怒した。

「え、なんで、え、どうして」

ヒロシはわけがわからずおろおろしている。モトミはとにかく彼女に対して気にく

わないことを並べたてた。

「まさか、あの子と関係があるっていうんじゃないでしょうね」

「ないよ」

ヒロシの話によると彼女は十九歳のフリーターだという。

「おれの友だちの彼女だったんだよ。そいつが連れてきて一緒に遊んでたんだけど、そいつが彼女と別れてロスに行ったあとも、サキはおれたちと遊んでるんだ」

「あなた狙《ねら》われてるんじゃないの。それじゃなければ、あんなふうにするわけないわ」

大事なヒロシの肩や手に触る姿を思いだし、モトミはまたひどく不愉快になった。

「そんなことないよ」

「親と一緒に住んでるからよかったけど。一人暮らしだったらすぐ誘惑されてるわよ」

「考えすぎだよ」

ヒロシは全くとりあおうとしなかった。

「とにかく私はあの子はきらいよ。二度とうちに連れてこないで。何なのよ。マミーなんていっちゃってさ」

ヒロシはしばらく黙っていたが、

「あいつもそれなりに苦労してるんだよ」

といった。幼いころに両親が離婚して、母親と一緒に住んでいるのだが、母親が恋人と住みはじめて家にいづらかったのと、高校を中退してから定職にもついていなくて、生活も大変なんだといった。

「定職につかないのは自分が悪いんでしょ。アルバイトでも何でもいいじゃないの。それを両親のせいにするなんて、よくないわよ」

とにかくモトミは二度とサキの顔を見たくないと思った。

あまりに衝撃的な出来事だったので、モトミは夫にサキのことを話した。やっぱり返ってきた言葉は、

「ふーん」

という気のない返事であった。

「ただの友だちみたいなんだけど、何とかつきあわせない方法ってないかしら」

「あるわけないだろ。いろいろな人と会って、それで勉強していくんだ」

「あんな子、会うだけ無駄ですよ。それに不作法な子なの。家中をのぞいていったのよ」

モトミの腹立ちはヤスオには受け止めてはもらえなかった。ヒロシにしなだれかかり、誘うような態度をとるサキの姿が何度も目に浮かんできて、モトミはなかなか寝付けなかった。

それからヒロシの帰りが遅くなると、まさかサキに誘惑されているのではと心配でならなかった。帰ってきたヒロシの体の匂《にお》いをかぎ、異状がないことを確認しないと寝られなかった。久しぶりにヒロシも早く帰ってきて、三人で夕食をとり、モトミはそろそろ寝ようかと、パジャマに着替えようとすると、インターホンが鳴った。十一時半だった。

「はい」

インターホンからは女のすすり泣きの声が聞こえてきた。

「どなた様ですか？」

しゃくりあげる声と一緒に、

「あのう、サキです」

という蚊の鳴くような声が聞こえてきた。モトミはあわててヒロシの部屋に行き、

「ちょっと、あの子が来てるわよ」

といった。

「え、なんで」

驚きながら、ヒロシも部屋から出てきて、二人で玄関をそーっと開けた。オレンジ色のプリントのミニワンピースを着たサキが玄関に入ってきた。この間と同じサンダルは汚れ放題に汚れている。

「行くところがないからね、来ちゃったの」

そういって訴えるような目でヒロシを見た。目の回りは涙で濡《ぬ》れていて、マスカラが黒くにじんでいる。モトミはかわいそうというよりも、その姿を見て、何とか理由をつけて追い返さなければとそれだけを考えていた。夫も出てきた。すぐに家に上がらせようとしたヒロシと夫の言葉をさえぎり、モトミは、

「どうしたの、こんな夜中に」

と冷静に聞いた。サキは涙声になって、久しぶりに家に帰ったら、母親と恋人に、

「今まで連絡もせずに、どこにいた。今さらのこのこ帰ってくるな」

と追い出されたというのである。

「連絡をしなかったあなたが悪いわねえ」

腕を組んでモトミは静かにいった。

「そんなことをいったって、こんな時間なんだ。女の子一人でどうするんだ」

夫はこんな女の子に対しても、妙に甘かった。モトミは負けてはならじと意地を張った。

「あなた、ふだんだったら、このくらいの時間に友だちと遊びまくってるんでしょう。そういう友だちの家に泊めてもらったら」

「でもお、そういう子たちはあ、彼氏と住んでたりするしい……。ヒロシのところだったら、部屋も余ってるみたいだから、いいと思って……」

モトミは怒りがこみあげてきた。

「明日になったら帰るんだろ」

夫がそういうと、彼女はうなずいた。

「いいじゃないか、ひと晩くらい」

夫の言葉にサキの顔はぱっと輝いた。男連中はサキを泊めてやろうとしているようだった。

(あなたたちはこの子に騙《だま》されてるのよ。ぜーんぶ計算済みなんだから)

そういう言葉が喉《のど》まで出かかったが、モトミの良識がそれをぐっと押さえさせた。

「本当に明日、帰るわね。はっきりいってこういうことが続くとうちも迷惑だから、けじめだけはつけて。今晩だけよ」

モトミがきつくいいわたすと、サキは黙ってうなずいた。二階ではなく一階の部屋に布団《ふとん》を敷いてやり、モトミはうんざりしながらベッドに入った。

翌朝起きると、男二人は起きてきたが、サキの姿はない。

「どうしたの、あの子は」

「さあ」

男二人が首をかしげていると、風呂場から音が聞こえてきた。家族に挨拶《あいさつ》をする前に、ちゃっかりとシャワーを浴びているらしい。モトミはこみあげてくる怒りを我慢しようとして、思わず拳《こぶし》をにぎりしめた。むっとしながら朝食の準備をしていると、

「おはよーっす」

といいながら、サキが姿を見せた。昨日と違って、胸の谷間がのぞけそうなくらいの、体にぴったりした、安物のニットのワンピースを着ている。きれいに化粧をしているところを見ると、化粧道具も全部持ってきたらしい。

「よく眠れたかね」

夫が優しく声をかけているのを聞きながら、モトミは、

(あんな言葉、私にいってくれたことなんてない)

と不愉快になりながら、音をたててきゅうりを切った。サキはモトミを手伝おうと

もせず、まるで前からここに泊まっているかのように、男二人と話している。

(ふざけるんじゃないわよ)

モトミは目玉焼きを人数分作り、黙ってテーブルに並べた。

「ああ、マミー、ちょー、おいしそー」

大げさにサキは喜び、がつがつと食べ始めた。そして、

「あー、とっても居心地がいいから、これからずーっと住みたくなっちゃったあ」

などといいだした。こんな清潔感がなくて、人間離れしている顔立ちの女の子なのに、男二人は楽しそうに、

「ああ、そうなの」

と笑いながら会話をかわしている。

(どうしてこんな子に親切にするのよ)

かわいい息子と、長年連れ添ってきた夫に向かって、モトミは腹の中でなじった。ひどく裏切られたような気持ちだった。

(あなたたちは、この子にいいようにやられてるだけなのよ)

モトミはいちばんいいたい言葉をトーストと一緒に飲み込んだ。そして突然、押しかけてきたくせに、泊めてもらったことを当たり前のようにふるまっているサキを、

（ぜったいに追い出してやる）

と横目でにらみつけた。

鋏《はさみ》

「おい、タカヤマ」

タカシは書店で声をかけられ、びっくりして声のしたほうを見た。そこに立っていたのは、高校一年のときに同級生で同じ文芸部にいたアリカワケンジだった。

タカシは本を読むのは嫌いではなかったが、書くことには興味を持っていなかった。入学した高校が、一年間は必ずひとつは部活動を続けなくてはいけないという規則があったので、いちばん楽で軟弱そうな文芸部に籍を置いたのだ。二年生になってやめるといったときも、

「ああ、そう」

とあっさりいわれて、それで終わってしまった。一年生で部に残ったのはケンジひとりだけで、卒業するまでずっと部活動を続けていたはずだった。在籍しているとき、

「作品を出すように」

といわれて、タカシは一度だけ、今から思えば顔から火が出るような詩を書いて提出した。そのときにケンジは百枚もある小説を書いていたのを知ってびっくりした。才能のある人間は、自分でもわかっているのだなと思った。

一年生のときだけで、それ以降、二人は同じクラスにならなかったが、お互いに東京の私立大学に進学したのは知っていた。しかし卒業してから会うのははじめてだった。

「おお、今、何してんの」

タカシは彼に笑いかけた。

「まじめに学校にいってるよ、お前はどうなんだよ」

「おれだってちゃんと行ってるよ。バイトまで時間があるからさ、本屋で立ち読みでもしようかなって思ったら、お前が声をかけてきたんだよ」

「ふーん、何のバイト？」

「この近所の居酒屋。六時から十二時まで」

タカシはそういって、手にしていた本にちらりと目を落とした。ケンジは表紙をのぞきこんだ。

「ああ、これ、売れてるらしいな。でもおれ、売れてる本って買う気にならないんだよな」

「まあな。おれも気にはなってたんだけど、買うのはちょっとなって思って、立ち読み」

「本ぐらい買えよ」

タカシはえへへと笑った。

ケンジは偉そうにいった。

「そんなに買えないよ。仕送りもだんだん減らされちゃってさ。今年は妹も私立大学に入ったもんだから、親も金がないんだ。学費を出してやるだけでもありがたいって思え、留年したら殺すなんて、おやじからいわれちゃってさ。社長のうちの子の家庭教師をしてたら、就職のときにコネができるからなと思ってやってたんだけど、四月から東大の女の子に替えられちゃって。それでバイト代がいい居酒屋に変わったばかりなんだ」

「そうか。おれはバイトはやめた」

タカシはちらりと腕時計に目をやり、バイトの時間に少し間があるのを確認して、ケンジをコーヒースタンドに誘った。

安いコーヒーを飲みながら、同級生の話に花が咲いた。男子校だったので話が出るのは同性の話題ばかりである。ストレートで偏差値の高い国立大学に入学した者、未《いま》だに浪人生活を送っている者、進学をやめて家業を継いだ者などさまざまだった。

「彼女できたか？」

タカシは聞いた。文芸部をやめたのも、部の活動よりも好きな女の子ができて、その子と遊びたいからやめたのだ。

「いないよ。今はそれどころじゃないんだ」

ケンジは真顔でいった。彼女が欲しくてたまらないタカシは、

「え？　どうして？　おれなんか女の子に目がいって、しょうがないよ」

とこちらも真顔で聞いてしまった。

「わかるけど、本当におれ、それどころじゃないんだ」

「何で？」

「将来の仕事に関係することだからさ」

「あーあ、仕事かあ」

同級生たちはすでに就職活動をしている。やらなければいけないと思いながら、タカシは居酒屋のバイトを続けていた。日中、就職活動でもしようかといちおうは思うのだが、目がさめるとすでに昼近い時間になっている。それからぐずぐずしていると、

すぐに一時、二時になり、あわてて学校に行く。そして夕方から居酒屋にいく。その繰り返しだった。

　彼がバイトに熱心に行くのは、目当てのリエちゃんという女の子がいるからだった。茶髪でちょっと遊び人っぽい感じがするが、舌っ足らずの甘えたような話し方が、タカシの男性ホルモンを刺激したのである。

「あ、おれ、行かなきゃ」

　タカシは腕時計を見て席を立った。彼はケンジに居酒屋の場所を教え、お互いの電話番号を教えて別れた。店に行くと八人のアルバイトのうち、すでに七人が来ていた。もちろんリエもやってきていて、店の制服である屋号を染め抜いた半纏《はんてん》を、カラージーンズの上に羽織っていた。

「おはようございます」

　挨拶《あいさつ》をした彼に向かって、リエが、

「あぶなーい、遅刻ぎりぎり。ほら」

　と店の時計を指さした。あと一分で六時になろうとしている。

「遅刻したらみんなにラーメンをおごるんだからね。覚えてる？」

「覚えてる、覚えてる」

そういいながらタカシは、リエが自分に声をかけてくれたことがとてもうれしかった。

店が開いて七時をまわる頃になると、満席になった。あちらこちらで、

「リエちゃーん」

という声がかかる。男の子に注文をするんじゃなくて、わざわざ遠くにリエがいても、呼びつけて注文を取らせ、自分のところに持って来させ、軽口を叩《たた》いて彼女をからかうのである。そのたびにタカシはひどく不愉快になった。店長にいわれて大根をおろし金ですりおろしながら、

(ちぇっ)

と舌打ちをして、その客をにらみつけた。ふと横を見ると自分と同じように、包丁を持ったまま彼らをにらみつけている板前さんの顔を見て、どきっとした。

(競争率、激しいなあ)

タカシはがーっと大根をおろした。

リエは十時になると帰ってしまうので、それから後はよけいなことに気を遣わないから、気楽といえば気楽なのだが、目の保養ができず楽しみはない。それよりもおばちゃんがやってきて、大学生のアルバイトをつかまえては、

「お兄ちゃん、いい体してるわねえ」

などとからかうものだから、それをうまくあしらうのが面倒くさい。まだ言葉でいうくらいならいいが、酔っぱらって抱きついたり、キスをしようとしたりするのには閉口するばかりだった。おやじに触られる女の子の気持ちがはじめてわかったくらいである。酔いがまわるとお尻《しり》だけではなく、前のほうを触るおばちゃんも出るので、文句をいえないアルバイトの学生たちは、おばちゃんたちを横目で見ながら、胸をどきどきさせていた。

いつものようににぎやかなアルバイトが終わり、タカシは終電間際《まぎわ》の電車に飛び乗った。ここから電車で十五分、徒歩十分のところにアパートがある。上下四世帯ずつの古い木造のアパートで、六畳と三畳の台所、トイレは室内にあるが風呂《ふろ》はない。大家さんのおばあさんによると、みんな男子学生ということだったが、そのうちの二、三人しか顔を合わせたことはない。タカシのところに、

「就職はどうするんだ」

と父親から電話があった。テレビで大学生の就職状況を報じたニュースを見て、心配になってかけてきたらしい。

「ちゃんとやっとるのか。せっかく東京の大学まで出して、仕事がないなんていった

ら、父さんも母さんも、泣くに泣けない。とにかくお前は長男なんだから……」

父親の話はこれからが長い。タカシは男性週刊誌のグラビアの女の子たちを眺めながら、携帯電話を耳から放し、ころあいを見計らっては、

「うん、うん」

と適当に相槌《あいづち》を打つ術《すべ》を身につけていた。

「ともかく、お前は長男なんだから、わかったな、がんばれよ」

そういって電話は切れた。

「がんばれよ……か」

ピッとボタンを押して、タカシは畳にひっくり返った。たしかに父親は普通のサラリーマンで、給料もたいしていいわけではない。それなのに子供二人を東京の私立大学に行かせるのは、大変なことだったとは思う。

「でもなあ。そういわれてもなあ」

タカシはごろごろと畳の上を転がった。ろくに掃除をしていないものだから、Tシャツにたくさんの綿ぼこりがくっついた。

「こんなところじゃ、リエちゃんとうまくいったって、部屋に呼べないしなあ」

女の子を連れ込むには、部屋にシャワーがあるのが最低条件と書いてあったのを読

んで、彼は暗澹《あんたん》たる気持ちになったのだ。

「ケンジは真面目《まじめ》に考えてるみたいだったな」

電話でもしてみようかと思いつつ、その夜はそのまま寝てしまった。

翌日の昼前、コツコツという静かに木製のドアをノックする音で目が醒《さ》めた。開けてみると大家さんのおばあさんが立っていた。

「あ、おはようございます」

タカシは寝癖がついてぼわーっとふくらんだ頭を撫《な》でつけながら、ぺこりと頭を下げた。

「本当にいいにくいことなんですけどねえ」

おばあさんはうつむいて、両手をもみ合わせながら、もじもじしている。

「息子夫婦がね、一緒に住んでくれるっていいだしまして。私も体に自信がなくなってきたし。それでここをマンションに建て替えて、その上に住もうと……」

「立ち退きっていうことですか」

「ええ、まあ、そういうことになってしまうんですけれど……」

荷物も少ないし、引っ越すのは簡単だが、次の部屋がすぐに見つかるかが心配だ。

「こちらからのお詫《わ》びも含めて、敷金とは別に、お家賃の十ヶ月分をご用意させていただこうかと……」

タカシの頭の中の電卓が動いた。家賃の十二ヶ月分のお金が一度に入るとわかったとたん、悪い話ではないような気がしてきた。

「わかりました」

「申し訳ありません」

おばあさんは何度も頭を下げた。ドアを閉めてから、彼は少し冷静になった。また部屋探しをはじめなければならないのかと考えると、少し気が重くなってきた。急に就職問題がせっぱ詰まってきた。

昼の十二時をまわってすぐ、彼はケンジの家に電話をかけた。

「もしもし」

眠そうな声がした。

「あの、タカヤマだけど」

「ああ、どうした」

急に声が大きくなった。

寝ていたという彼の言葉に詫びながら、

「就職のことなんだけどさ」

と話を切り出した。今まで何もやっていなかったこと、今日、家主から立ち退きの話があったことなどを話した。

「どういうことをしたらいいんだろうなあ」

「おれ、何もしてないよ」

ケンジはあっさりといった。

「でもこの間、将来の仕事のことで大変だっていってたじゃないか」

「勤め人になる気はないよ。作家になるために勉強してるんだ」

それを聞いたタカシは、あいつは本気だったんだと少し驚いた。

「勉強って……」

「最初は教室に通っていたんだけど、そこの講師の作家に見込みがあるっていわれて、先生の家で作品を見てもらっているんだ」

「へえ、すごいなあ、何ていう作家？」

名前を聞いてもタカシは知らなかったが、自分が知らないだけで、きっと有名な人なんだろう。

「それじゃあ、就職活動とは違うもんな」

タカシがため息まじりにいうと、ケンジは、

「お前も勤め人に向かないんじゃないのか。書いてみればいいじゃないか。おれ、高校のときに文集に載った詩を読んだけど、なかなかよかったし。上司や取引先にぺこぺこ頭を下げるサラリーマンがずっとできるか？　こういっちゃなんだけど、おれたちの行っている大学じゃ、入れる会社だって知れてるぞ」

あの変てこな、壮大な宇宙がどうのこうのという詩を彼に覚えられていたのが、ものすごく恥ずかしい。

「おれ、才能ないもん」

「そんなことわからないさ。やってみなくちゃ。書く気はないのか」

どう考えても、自分が作家としてやっていく姿は想像できなかった。

「何をするにしても住む所を探してるんだろ。うちの四畳半でよかったら空けられるけど」

それは願ってもないことだった。先月まで彼は兄と暮らしていたのだが、兄が急に転勤になり、地方の会社の寮で生活することになったため、狭いほうの部屋でよければ貸してもいいという。今のところより、都心から遠くはなるけれど、とりあえず住む場所が確保されたのはありがたかった。

ケンジのアパートはいわゆるコーポタイプで、トイレと一緒ではあるが、ちゃんと風呂もある。部屋は狭くはなったが、そんなことをいってはいられなかった。

「本当に突然、申し訳ない。助かったよ」

タカシは頭を下げた。

「おれも助かったよ。兄の分まで家賃は払えないし、どうしようかと思ってたんだ。おやじにも大家にもちゃんと話してあるから、平気だよ」

最近、再会したとはいえ、友だちはありがたいもんだとタカシはしみじみ思った。

ケンジの六畳の部屋はまるで古書店の倉庫みたいに本だらけだった。本に埋もれて古いパソコンと原稿用紙が置かれていた。

「これ、書いたの？」

本棚の上に原稿用紙の分厚い束があった。手にとって読んでみると、ものすごい文章だった。

（こんなすごい文章を書く奴《やつ》だったのか）

と驚きつつ読み進んでいくと、どこかで読んだような気がする。それは三島由紀夫の文章であった。

「自分の好きな作家の文章を写していると、勉強になるって聞いたからね」

「あ、そうなの」

気迫に押されて、タカシは小声になった。

「これ、読んだことある？」

彼は次から次へと本棚や部屋に山積みになった本を抜き取り、ここの文章はいい、ここの表現方法は納得がいかないなどと、熱心に説明しはじめた。そういうふうにいわれても、タカシには何が何やらわからず、

「あ、そうなの」

というしかなかった。すると彼は小説雑誌を取り出し、付箋《ふせん》がついたページを開いて、タカシに見せた。そこには第二次審査を通過した小説のタイトルと人名が並んでいた。ケンジの名前があった。

「すごいじゃないか」

「でも次で落とされたから意味ないよ。最終選考に残ったって、選ばれなければだめだ」

彼は着々と将来にむかって努力しているのに、自分はリエちゃんのお尻を追いかけていてもいいんだろうかと、タカシは我が身を振り返った。

「おれは絶対に作家になるんだ」

ケンジの目はぎらぎらと光った。タカシはつばを飲み込んで、

「がんばってね」

というしかなかった。

男二人の共同生活は、お互いに干渉しないという約束でスタートした。二部屋は襖《ふすま》で仕切られていたが、振り分けだったのでプライバシーは守られる。顔を合わせれば挨拶《あいさつ》をするけれど、時間が合わないときはお互いの顔を見ないこともしばしばだった。居酒屋のアルバイトを終え、アパートに戻るとケンジの部屋は電気がついていて、机に向かっている姿が曇ガラスが入った部屋の出入口の戸から透けて見える。

「ただいま」

返事はない。没頭して書いているから、聞こえないんだろうなとタカシは思った。

（おれはいったい何をしてるんだ。何もやってないじゃないか）

実はリエがアルバイトの同僚とつきあいはじめたことがその日にわかり、タカシはがっくりして帰ってきたところだった。彼は部屋に入り、静かに戸を閉めた。コンビニで買った男性週刊誌を机の上に置き、押入から親が買ってくれた紺色のスーツを出して、長押《なげし》につるしてしばらく眺めていたが、どうしてもぴんとこない。何度も首を横に振りながら、彼は買ってきた週刊誌のページをめくった。すると隣の部屋から、「んっ」「ううっ」「ほーっ」という息づかいが聞こえ、そのあと、「こんなんじゃだめだ」「ああ、わからない」「うーむ」と辛《つら》そうな独り言が聞こえてきた。そしてばりばりっと紙を引き裂き、どすんと床に叩《たた》きつける音がした。

「くそーっ」

悲鳴に近い声のあと、急に静かになった。襖をはさんでタカシは息をひそめた。声をかけたほうがいいのか、かけないほうがいいのか悩んだが、プライバシーを尊重するという約束を守り、じっと息をひそめていた。しばらくしてトイレに立ったとき、同時にケンジも自室の戸を開けたところだった。

「帰ってたのか」

彼の目は充血して赤く、どこか焦点が定まらない様子でふらふらしていた。

「書いているみたいだったから、声をかけなかった」

「そうか。だめだなあ、おれは。才能ないよ。二百枚書いて読み直してみたら、構成がめちゃくちゃになってて。書いていてそういうことも気がつかないんだから。これは……」

タカシが何も聞かないのに、この原稿は世話になっている作家に書くようにといわれた物で、出来がよければ出版社に口をきいてやるといわれていたということを、興奮気味に早口で喋《しゃべ》った。

「ふーん。そうだったの」

「また、一からやり直しだ」

ケンジは弱々しく笑って、トイレに入っていった。そっと彼の部屋をのぞくと、床に破いた原稿用紙が散乱していた。

「パソコンで書いてないのか」

用を済ませた彼にたずねると、

「おれは小説をパソコンで書く奴なんて、信じられない。あれは心を込めて手書きで書くもんだ。パソコンは応募するとき、審査員に読みやすくするために、清書するだけだよ」

ときっぱりといった。そして、

「おやすみ」

といって部屋に入っていった。しかしそうはいったものの、夜中の三時にタカシが寝ようとしたときも、まだ隣室からは灯りがもれていた。

就職活動をする気になれない自分は、もしかしたら本能的に勤め人を拒否し、向いていないのかもしれないと、タカシは思い始めていた。何の抵抗もなく就職活動ができる学生もいるけれど、自分はそうではない。

「あーあ、どうしようかな」

リエとはうまくいかなかったし、お先真っ暗だった。だらだらと毎週買っている男性週刊誌を見ていたら、募集記事が目についた。それは編集部が設けているエッセイ賞で、文学賞ではなくそれよりももっとくだけた賞だった。自分の経験を書いて送り、優秀賞の賞金は百万円で、おまけにその週刊誌の契約記者として働くことができるという特典がついていた。これまでの受賞者のテーマは、風俗店のアルバイト、海外での農場生活、旅行記などだった。枚数は三十枚程度。タカシには長い枚数だが、小説は難しいけれども、こういったテーマなら書けるかもしれないと考えた。賞金も魅力だったし、だめでもともとなのだ。ケンジに相談しようかと思ったが、毎晩、隣室からはうめき声やため息、紙を破る音が聞こえてくる。そんな大変なときに、相談することはできず、タカシはしばらく使っていなかったワープロを取り出し、スイッチを入れてしばらく何を書こうかと、腕組みをしながらキーを眺めていた。自分はこれまで特別な経験をしてきたわけではない。たとえば野球とかサッカーとか、打ち込んで来たものなど、何もないのである。東大の女子学生にアルバイトを取られた話は、愚痴になりそうだしおまけにテーマ的にはせこい。すると酔ったおばちゃんに触られる、今のアルバイトしかない。

「いいのかなあ、これで」

隣室を気にしながら、タカシはぽつぽつとキーを叩きはじめた。

ケンジは自分の創作に没頭していて、タカシのワープロのキーの音など、全く気にしてないようだった。最近は学校にも行かずに部屋にこもって書いていて、食事もカップ麵《めん》やカップ焼きそばで済ませているらしく、燃えないゴミが山のようになっていた。へたに気を遣うのも書く邪魔になるだろうと、タカシは彼を放っておいた。どうなるかわからないが、自分にも当面、やるべきことが出てきて、多少、タカシの毎日も楽しくなってきた。リエのことがあって、行きにくくなっていたアルバイトも、ネタ探しだと思えばそれなりに面白い。アルバイトが終わると彼はそれを日記のほうにワープロで書き残していた。

締切の三日前にはじめて書いたエッセイが出来上がった。こんなのでいいのか悪いのか見当がつかなかったが、とにかく速達でプリントアウトした原稿を送った。

「ま、だめに決まってるけどな。世の中、そんなにうまくいかないよな」

ほっとした気分だったが、相変わらずアパートに戻ると、隣室からはつぶやきやため息が聞こえ続けている。びりっと紙を破る音が聞こえると、どきっとする。とにかく早く満足した物を書き上げてほしいと、タカシはそればかりを祈っていた。

ケンジの明るい顔が見られないまま、半月が過ぎ、タカシのところに封書が届いた。第一次選考を通過した連絡だった。

「うほほほほ」

週刊誌を見ると、自分の名前が小さく載っていた。それでもまだ競争率は高い。

「まぐれ、まぐれ」

タカシは自分の作品が選ばれるとは思ってもいなかった。ケンジのように苦労するのが、本当に書くということだと、同居してあらためてわかったからだ。何であっても、ひとつのことをやりとげたということで、彼は満足していた。ところが彼のエッセイはどんどん選考を通過し、最終選考の五本のうちの一本として残ってしまった。

「まじかよ」

大きく載っている自分の名前を見ながら、彼はつぶやいた。学校に行っても、

「お前、すごいな」

などといわれる。まるで同じ名前だが自分ではないようだった。同じ時期にケンジが魂が抜けたような顔をして、

「やっとできた……」

とタカシにいった。

「そうか、よかったな」

「明日、先生に渡してくる」

心からほっとした。そしてつい、自分の名前が載った週刊誌を見せた。

「何、これ」

「何って……、いや、あの」

自分がとても恥ずかしいことをしてしまったと、タカシはうろたえた。

「こんなの、別に、文学じゃないし。お前、こういうことをやりたかったの」

真顔で聞くケンジに、タカシは、

「いや、そういうんじゃなくってさ、ほら、賞金が百万円だからさ、ちょっと遊びでやってみただけなんだ」

「ふーん。金につられてか。こういうことをしてると、どんどんすさんでいくぞ」

そういって彼は部屋に引っ込んでしまった。タカシは週刊誌を手に、ぼーっとその場に立っていた。何もいえなかった。

ケンジの力作に対して、先生の評価はよくなかったらしく、彼はとても気落ちしているようだった。原稿を書いていないのに、「うー」とか「はー」とか深いため息しか聞こえてこない。タカシは自分の選考結果よりも、ケンジの様子が気になって仕方がなかった。

軽い気持ちで書いたタカシのエッセイは、優秀賞に選ばれてしまった。連絡をもらったときに、またタカシは、

「まじかよ」

とつぶやいた。審査員の一人の、

「まだ荒削りだが、書くセンスが他の作品より光っていた」

というコメントが載っていた。編集部の男性から事務的に、授賞式に来るようにと連絡があった。

「きみさ、書く仕事、する気あるんでしょ？　応募するくらいだからあるよな。今度、打ち合わせさせて」

彼の頭のなかには、いつまでも「まじかよ」の四文字がぐるぐると回っていた。郷里の両親にも連絡をしたら、よく意味がわかっていないようだったが、とにかく一番をもらったということで喜んでいて、授賞式に連れだってやってくることになってしまった。学校の友だちも騒いでいたが、ケンジにはいいにくい。すると彼のほうから、

「あれ、どうだった？」

と聞いてきた。まさか嘘《うそ》はつけないので、

「まぐれでさあ、優秀賞になっちゃったんだ」

と正直にいった。ケンジは、

「へえ、そう。よかったな」

とあっさりといい、

「こっちはぜんぜんだめだ」

と泣き笑いのような顔をして、部屋に引っ込んだ。

明日の授賞式を控えて、タカシは就職活動に着る予定のスーツ一式を取り出した。ほこりを払うためにガムテープを探していると、ケンジが開いている戸から顔をのぞかせた。壁にかけられたスーツを見て首をかしげているので、

「明日、授賞式なんだ」

とタカシは小声でいった。

「ああ、そうか。明日だったのか。たくさん人が来るんだろうな」

ケンジはどこかへ出かけていった。それから深夜になっても彼は帰ってこなかった。タカシはビールを飲み、いい気持ちになってベッドにもぐりこんだ。午後、目が覚めると、首のまわりがちくちくする。

「痛いなあ」

首筋をさすると、髪の毛が手の平にくっついてきた。びっくりして飛び起きると、枕《まくら》にはたくさんの髪の毛が散らばっている。思わず鏡を見ると、タカシの髪の毛は鋏《はさみ》でざくざくに切られていた。そして授賞式に着るはずのスーツも、ただの布きれに切り刻まれていた。

「まじかよ」

彼はつぶやいた。そして次の瞬間、

「ケンジ！」

と叫んで襖《ふすま》を開けたが、そこには彼はおらず、書きかけの原稿用紙が机の上に載っていた。

「まじかよ」

何度もつぶやきながら、彼は自分が真っ先にするべきことを考えた。着る物はともかく、頭だけは何とかしなければならない。財布をつかんで彼は駅前の理容室に走った。この散切《ざんぎ》り頭を何とかするには、坊主《ぼうず》しかないだろう。走りながら彼は、

「まじかよ」

と何度もつぶやいた。アパートを出て走っていく彼の後ろ姿を、鋏を持ったケンジがアパートの上の階の外廊下から、うれしそうな顔をして眺めていた。

嫌な女

リエコとヤスヒコの夫婦が知り合ったのは、リエコが他の男にナンパされたのがきっかけだった。彼女が会社の友だちのマキと、食事でもしようかと歩いていたら、遊び人風のちゃらちゃらした男二人が声をかけてきた。

「用事があるから……」

といいながら通り過ぎようとすると、

「いいじゃん、いいじゃん」

といいながら、体に手を回して、しつこくまとわりついてくる。そのとき、彼らとリエコたちの間に割って入り、

「この人たち、おれたちと待ち合わせしてたんだけど」

といって助けてくれたのが、ヤスヒコと彼の友人アキラだった。男たちは、

「あっそ」

とすっと離れ、また別の女の子をナンパしはじめた。マキは、

「ありがとうございます。よろしかったら、一緒にお食事でもいかがですか。お礼に私たちがおごります」

とリエコに何の相談もなく、ぺらぺらとしゃべりはじめた。リエコはそれを聞きながら、彼女が好みの男性を見ると、とてもなれなれしい態度をとることを思い出した。好みのタイプがリエコと一致しないから、トラブルはなかったが、社内の女性たちとは揉《も》め事を起こしていた。リエコには学生時代の友だちもいたが、当時、いちばん親しかったのはマキだった。たしかに他の女性たちとは問題を起こし、

「あの女、本当にしつこいんだから」

とリエコに愚痴《ぐち》をいう人もいたが、そういわれたことを、マキにいったことは一度もなかった。それは彼氏を横取りされそうになったとか、社内に婚約者がいるのに、わざとべたべたして嫉妬《しっと》させようとしているといった内容ばかりだった。しかしそういうことに敏感な人というのは、取り越し苦労をしたり、思いこみが激しかったり、過剰に反応するタイプも多く、いちいちマキの耳に入れるのはどうかと思ったので、リエコは自分の胸の中にしまっておいた。たしかに好きなタイプの男性に対しては、熱心にアタックするふしはあったが、リエコ本人はいやな思いをしたことはなく、友

人関係は続いていた。

「そのうち、あなたの彼氏を取られるかもしれないわよ」

と忠告してくれる先輩もいたが、幸い、マキとリエコの男性の趣味は明らかに違ったので、その心配はなかった。マキはとにかく、濃《こ》い顔の男性が好みだった。沖縄に行くと目移りして困るともいっていた。リエコの趣味はそれとは正反対に、こけしのような顔の男性が好みだった。

「本当に存在感のない顔が好きね」

などとマキにからかわれたが、その薄さがいいんだとリエコは思っていたのである。アキラは、リエコから見て明らかにマキのタイプだった。濃い眉《まゆ》、ぎょろりとした目、浅黒い肌。一方のヤスヒコのほうは、今風とははるかにかけはなれた、昔の子供のような平たい顔をしていた。マキの申し出にうなずいた彼らと、食事に行くことになった。彼らもリエコたちと同じように、会社の同僚で、リエコたちよりも四歳年上だった。話しているうちに意気投合して、カラオケボックスに行き、またそこで盛り上がって、お互いに連絡先を交換した。マキは、

「タケイさんって、タイプなの」

とリエコの耳元でささやいて、うふふと笑った。

「やっぱりね。そう思ったわよ」

マキの目はすでに彼を見て、うっとりしていた。彼女がアキラにへばりつくものだから、自然にリエコとヤスヒコが話すようになった。それから何度かダブルデートをし、その後はそれぞれカップルになり、リエコとヤスヒコは結婚を決めた。マキのほうも一目惚《ひとめぼ》れを成就《じょうじゅ》させて、結婚にこぎつけた。式は別々だったが、ほとんど同時期に結婚したので、披露宴《ひろうえん》は一戸建てのイタリア料理店を貸し切りにして、二組合同でやった。会社の同僚たちは、

「二人連れでどちらか一方が結婚するのはわかるけど、両方ともっていうのは珍しい」

と驚き、二組の新郎新婦の両親たちは、

「こんなことになりまして」

といいながら、お互いにぺこぺこと頭を下げ通しだった。おっちょこちょいのリエコの父などは、ヤスヒコ、マキ、アキラの両親に、つぎつぎに挨拶《あいさつ》をしまくってわけがわからなくなり、しまいには自分の妻に、

「お世話になります」

と頭を下げてしまったくらいであった。

結婚して、リエコもマキも会社をやめた。リエコは一日も早く子供が欲しかったし、マキは、

「子供はしばらくいらないな。少し、楽をしようかと思って」

といって、二人とも働くことはしないで専業主婦をしていた。リエコたちは結婚当時はマンションを借りていたが、社宅が空いたらそこに引っ越そうと、結婚直後に会社に申請書を出していた。社宅は古い建物だが、いちおう鉄筋の五階建てで、家賃が三DKで三万五千円とめちゃくちゃ安い。もちろん、バス、トイレつきである。将来は自分たちの家が欲しいと思っていたリエコは、

「社宅に引っ越せたらいいわね。今の家賃との差額を貯金しておけば、家の頭金にできるわ」

と社宅に移れる日を夢見ていた。そして三ヶ月後に社宅が空いた。最上階の東南の角部屋だ。ベランダからは公園の木々が見えて、環境がいい。

「タケイも社宅に移るらしいぞ」

そうヤスヒコはいった。

「あら、そうなの。本当に私たちっていつでも一緒っていう感じなのね」

知り合った当時はヤスヒコと同じ部署だったが、その後アキラは営業に異動になり、

ヤスヒコとも顔を合わせることが少なくなっていた。結婚して、一度だけアキラの家に遊びに行ったことがあるが、まだ引っ越したときの段ボール箱がそこここに積んであり、まだ新居といえるようなスペースではなかった。

社宅への引っ越しの手続きが終わってしばらくして、マキから電話があった。

「あなたも社宅に引っ越すんでしょ。ほとんど同じ時期にねえ。不思議だわ」

二人であれこれ話をしているうちに、

「あなたのところは何階？」

とたずねた。

「うちは五階だけど」

リエコは正直に答えた。

「五階？」

急にマキの声が鋭くなった。

「五階がどうかした？」

「五階って最上階でしょ。五階のどこ？」

「公園側の角」

「ええーっ、あそこは東南の角部屋で、社宅のなかでいちばんいい場所じゃないの。

どうして？　そんなのずるいわ」

ずるいといわれてもわけがわからないので、マキのいい分を聞いてみると、今度、アキラたちが入居するのは、一階の南西側で、夏場は西日が厳しいのでそのつもりでと言い渡されたというのだ。

「どうして同じ時期に社宅が空いて、あなたたちが五階でうちが一階なの？　そんなのおかしいわ。変、おかしーい」

マキは子供のように電話口でだだをこねはじめた。

「同時期だっていっても、きっとうちが決まったのが、少し早かったんじゃないのかしら」

「そんなことない！　うちが申請したのはね、五月の十八日だったのよ。あなたのところはいつ？」

五月だったのは覚えているが、詳しい日にちなどは覚えていない。

「いつだったかしら」

「しらばっくれないで」

「しらばっくれてなんかいないわ。本当に忘れちゃったのよ。彼が覚えているかもしれないけど」

「ちゃんとヤスヒコさんに聞いておいて。どちらか選べるのならともかく、あなたが五階でうちが一階なんて、納得いかないわ。わかったら連絡してちょうだい」

がちゃんと電話は切れた。

「何、これ……」

受話器を手にしたまま、リエコは呆然《ぼうぜん》と立ちつくしていた。これまでマキと関わってきて、感じたことがない不愉快さだった。

「会社のみんながいっていたのは、こういうことだったのか」

やっとわかったような気がした。面倒くさいことになったとリエコは気分がふさいできた。離れているのならともかく、今度は同じ社宅に住まなければならないのだ。

リエコは帰ってきた夫に、マキからの電話の話をした。

「申請した日を教えろっていうんだけど」

「ふーん。でもおれが聞いたときに空くって聞いたのは五階のあの部屋だけだったんだけどな。申請したのは連休あけだったと思うけど。おれたちよりも、ちょっとあとなんじゃないのかなあ」

自分たちのほうが彼女たちよりも少し前に申請したらしいことはわかったが、それをまたマキのところに電話をするのは、とても気が重かった。

「ほっといてもいいんじゃないのか。アキラはそんなことを気にするような奴《やつ》じゃないぞ」

「アキラさんはいいのよ。問題はマキなのよ。なんだかヒステリックになっちゃってて」

「マキちゃんはきみの友だちなんだから、まあ、うまくやってくれ」

そういわれるとますます気が重い。いつか電話しよう、しようと思いながら、そのまま一週間が経《た》ってしまった。

洗濯を済ませ、お茶を飲んでいると電話が鳴った。受話器を取ると、

「もしもし？　もしもし？」

というヒステリックな声が聞こえた。

（しまった）

マキからだった。

「どうして電話をしてこないの？　何かやましいことでもあるの」

最初から彼女は高飛車だった。

「そんなわけじゃ……。いろいろと忙しかったものだから……」

「ふーん、いい部屋に引っ越すための準備？」

リエコは何をいおうかと必死に考えていた。

「彼に聞いたんだけど、うちのほうが申請した日にちが早かったみたい」

喉《のど》がからからになってきた。

「あら、そうなの。ふーん、じゃあ、もうちょっとのところでうちはいい部屋を逃したっていうわけね。運が悪かったたっていうわけか。ふーん、そうなの。わかったわ、じゃあね」

電話は切れた。いちおう彼女が納得したようだったので、リエコはほっとしたが、だんだん腹が立ってきた。

「どうしてあの人に、あんな物のいわれかたをしなくちゃいけないの？　失礼よ」

ああ、こういうことをみんな彼女にいってやりたかったと後悔したが、そんな勇気はリエコにはなかった。

暑い夏の日、リエコとヤスヒコは念願の社宅に引っ越した。暑い日でも窓を開け放つと、木の間を通ってくる風が入り、とても爽快《そうかい》だ。二人は、

「よかった、よかった」

と喜んだ。一週間後、アキラ夫婦が引っ越してくるというので、ヤスヒコは手伝いに行った。リエコは気乗りがしなかった。またマキに嫌味《いやみ》をいわれそうな気がしたか

らである。エプロンに軍手をして、一階に降りてみると、男性二人は業者と一緒に、トラックから荷物を運び出している。マキはと見ると、日陰になっている花壇に座って、サングラスをかけたままコーラを飲んでいた。

「どうしたの？」

リエコが声をかけると、彼女は、

「疲れちゃった」

と嫌そうな顔をした。

「部屋の中は暑いし。あなたのところはいいわねえ」

下手に話しかけると、またこっちにとばっちりがくると思い、リエコはつつっとその場を離れ、夫たちがいるところへ移動した。手伝いながらマキの様子をうかがうと、座ったきり全く動こうとはしない。キッチンには食器棚が置かれ、台所と書かれた段ボールがどんどん積まれていく。リエコは窓から、

「食器を棚に入れてもいいかしら」

とマキに聞いた。すると彼女はけだるそうに振り向き、

「お願い」

といって缶コーラを飲み続けた。

(アキラさん、尻《しり》に敷かれてるのかしら。ちゃんと怒ればいいのに)

アキラはそんな妻を気にとめるふうでもなく、汗だくになって黙々と作業を続けていた。リエコは段ボール箱の中から、皿や茶碗《ちゃわん》を出して、食器棚に並べた。どれも新品のようにきれいで、

「マキってきれい好きなのね」

とちょっと感心した。しかしプラスチックの洗い桶《おけ》や密閉容器は、さわるとべとべとしていた。ひととおり台所用品をしまい終わり、リエコは段ボールをたたんでひもをかけて片づけた。

「終わったわよ」

声をかけると、マキはさっきと同じようにけだるそうに振り返り、

「お疲れ」

といっただけだった。

(何よ、『お疲れ』って。高校生のアルバイトじゃないわよ)

マキが働かない分、アキラは一生懸命に荷物を運んだあと、また汗だくになって荷ほどきをはじめた。マキの洋服まで洋服ダンスにいれていた。業者も帰り、リエコが外まわりの掃除をしていると、マキが部屋の中に入っていった。リエコにはひとこと

もいわなかった。掃除が終わり、部屋の中に入ったら、クーラーをがんがんにかけ、キッチンの椅子《いす》にぼんやりと座っていた。

「あとは自分でやれよ」

アキラが声をかけた。

彼女は黙って重い腰を上げた。タンスの引き出しをかったるそうに開け、自分の下着を入れた。入れたといっても、下着をわしづかみにして、そのまま引き出しの中に突っ込むだけである。

アキラが近所のそば屋に電話をして、おそばを取ってくれて、四人で食べた。

「お茶は」

アキラが聞いても、マキは、

「えーっ？　何がどこにあるかわかんない」

というので、リエコがコップを持ってきて、彼がペットボトルに入ったお茶を注いでくれた。彼女はそれが当たり前のように、ありがとうもいわず、おそばを食べていた。そのあげく、

「これ、まずい」

といって半分くらい食べて、ぐいっとアキラの目の前にせいろを突きだした。

「そうか？　こんなもんだろう」

そういいながら彼は彼女が残したそばを全部平らげた。

それから酒盛りになることもなく、リエコたちは部屋に戻った。夫にいわれる前に、彼女は、

「あれじゃいけないわよね。奥さんがあれじゃ」

といった。ヤスヒコに先にいわれたら、自分の立場がない。

「あれはあれでうまくいってるんじゃないの」

彼のほうはそれほど頓着《とんちゃく》していないようで、彼女は少し安心した。

「体調が悪かったかもしれないし。子供でもできたんじゃないのか」

リエコははっとした。もしかしたらそうだったのかもしれないと気がつき、もう少しいたわってあげたほうがよかったかしらと後悔した。

彼女のことが気にはなりつつも、深くつきあいたくはないなと、リエコは思いはじめていた。しかしそんな彼女の気持ちを察することなく、マキは翌朝、やってきた。同じ社宅に住んでいるということは、出勤時間がほぼ同じなので、アキラがでかけたということは、ヤスヒコが出かけたということでもある。おまけにマキの部屋は一階なので、社宅に住んでいる人の出入りがチェックできるようになっているのだ。

彼がでかけてから十分ほどすると、ドアチャイムが鳴る。出てみるとマキが立っていて、

「ちょっと、いい？」

というと、リエコが何もいわないうちに、部屋の中にずんずんと入ってくる。そして勝手に食卓の椅子に座ってしまい、

「ねえ、何か食べるもの、なあい？」

といいながら、鼻をくんくんさせて、あちらこちらを眺めるのだった。

「朝御飯は？」

「食べてない」

「アキラさんは？」

「食べないよ。途中で何か食べてるんじゃないの」

「じゃ、作ってないの」

「だって、面倒くさいじゃない」

リエコがパンを焼き、コーヒーをいれ、サラダとゆでたまごを出すと、ぱくぱくとおいしそうに食べた。

食べ終わると次は部屋のチェックだ。

「あーあ、ちょっとのところで逃しちゃったなあ、この部屋。いいなあ、うちとぜーんぜん違う。うちなんか部屋の窓を開けると、隣のマンションの壁しかみえないもん」

マキの言葉を黙って聞きながら、リエコは洗い物をしていた。いつまでたってもマキは帰ろうとしない。仕方なくリエコが掃除機を出して掃除をはじめると、台所の隅に棒立ちになって、ずっと部屋に居続けた。時折、姿が見えなくなるので、帰ったのかなと思うと、洋服ダンスを開けて、リエコの洋服を物色したり、ベッドが並んでいる夫婦の寝室をのぞき込んだりしていた。

「ずいぶん丁寧《ていねい》に掃除をするのね」

フローリングの床を雑巾《ぞうきん》で拭《ふ》き始めたリエコに、マキはいった。

「窓を開けているとほこりや砂が、結構、入ってくるから」

「いいわねえ、窓が開けられて。うちなんか開けっ放しにしたら、外から丸見えよ」

また変なことになってきたと、リエコは聞こえないふりをした。床を拭いている彼女をマキはしばらく眺めていたが、

「じゃあ」

といって帰っていった。ほっとしたのもつかの間、それからほぼ毎日、マキはリエ

コの部屋にやってきたのである。

　それからしばらくして、リエコは子供ができたことがわかった。ヤスヒコ共々、大喜びした。それを知ってもマキは、何かを手伝おうというのではなく、リエコのところにやってきて、暇をつぶしていた。あるときは昼時にやってきて、食べていけともいわないのに、勝手に食卓について一緒に昼食を食べ、夕方にやってきては、リエコが買ってきた晩の食材のなかにめぼしい物があると、

「半分、ちょうだい。ねえ、いいでしょ」

　といって持っていったりした。

　ヤスヒコに相談しても、

「きみの友だちなんだろ」

　といわれる。

「もう、友だちじゃないわ。会社で仲よくしてたけど。あんな人だと思わなかった」

「はっきりいえばいいじゃないか。迷惑だって」

「それがいえれば苦労はしないわよ。これから全然、関係なくなる人ならいいけど、あなたの友だちと結婚して、同じ社宅に住んでるのよ。トラブルは起こしたくないわ。それじゃなくても、近所の人たちは新しく引っ越してきた人間に、興味津々《しんしん》なんだか

ら」

彼は何をいってもしょうがないと思ったのか、半分あきれ顔で彼女の愚痴を聞いていた。

リエコはつわりがひどくなり、気分がすぐれないのに、マキは相変わらずやってくる。相手をするのも辛《つら》いので、意を決してリエコは、

「つわりで気分が悪いから、うちに来るのは遠慮してもらえないかしら」

といった。するとマキは、彼女をいたわるどころか、

「子供なんか作ったりして、あなた、よくそんな勇気あるわねえ。今、どんな時代だかわかってるの。学級崩壊とか未成年の犯罪が増えてるっていうのに。信じられない。私、恐《こわ》くてとってもそんなことできないわ」

と半分ばかにしたように笑った。その見下したような顔を見て、リエコは頭に血が上り、

「放っておいてよ。あなたには関係ないでしょ。私は子供が欲しいのよ。ろくに家事もしないで、人の家で図々《ずうずう》しく御飯を食べるような人に、そんなことをいわれる筋合いはないわ」

といい放った。マキはそういわれても、まるで他人事《ひとごと》のように、うす笑いを浮かべ

ている。

「だってこれはうちのやり方だもの。私たちはとっても円満よ。私が家事をしなくても、それでいいことになってるの」

「とにかくもう家には来ないで。どうしてあなたに御飯をご馳走《ちそう》したり、買ってきた物を分けなくちゃならないのか、理解できないわ」

マキはじーっとリエコの顔を見たあと、

「友だちだと思ってたのに……」

とつぶやいた。

「友だちだからっていったって、やっていいことと悪いことがあるでしょう。もうちょっと人の迷惑も考えてよ」

リエコは気分が悪くなって、その場にしゃがみこんで顔を覆《おお》った。ぱたんとドアが閉まる音がして、顔を上げるとマキの姿はなかった。

「ああ、いってしまった……」

会社にいた五年間、マキとは仲良くしていた。彼女に対するよくない噂《うわさ》があっても、リエコは彼女をかばってきたつもりだった。友だちが、あんな人だったショックも重なって、リエコはベッドに横になった。横になりながら、

「これでよかったんだわ。このままの状態が続いたら、私の精神状態が不安定になるもの」

と自分を納得させていた。

ヤスヒコはリエコをいたわり、翌朝、自分で朝食を作っていた。出勤しようと外に出たとたん、誰かと話している気配があった。そして、

「おい、マキさんが来てくれたよ」

といい残して出勤していった。リエコは思わずベッドから飛び起きた。

(来てくれたって、何よ、そのいい方)

部屋に入ってきたマキは、手にはスーパーマーケットのビニール袋を下げていた。

「オレンジ、買ってきた」

そういってリエコの前に突きだした。

「え、ああ、ありがとう」

リエコは小声で礼をいって受け取り、食卓の上に置いた。

「つわりって、すっぱいものを食べたくなるんでしょ」

「うーん、普通はそういうけど、私はそうでもないの。全体的に食欲がないの」

それを聞いたマキは、

「皮をむいてあげる」

といい、そんなことをしなくてもいいからというリエコの言葉に耳を貸さず、ナイフを出してオレンジを八等分にした。それを手近にあった皿に載せ、

「はい」

とリエコに手渡した。

「悪いけど、私はいいわ。本当に食べられないの。ごめんなさい」

「それなら私が食べる」

マキは彼女の手から皿を取り上げ、窓の下に置いてあるサイドボードの上に皿を置き、立ったまま外を見てオレンジを食べ始めた。

「……」

リエコはいったいどうしていいかわからず、ただぬぼーっと立っていた。それを見たマキは、

「具合が悪いんでしょ。寝ていれば」

といった。

「寝ていればっていったって、あなたがいるもの」

「あーら、私のことは気にしないで」

彼女は口をもぐもぐさせながら、窓から公園を眺めていた。

「あなた、会社にいるとき、コンピュータをずっと使ってたでしょう。そういう人に異常出産が多いんですってね、知ってた？」

リエコはそういう雑誌の記事を見たことはあるが、それが医学的に立証されているかどうかわからないので、なるべく気にしないことにしていたのだ。

「そうそう、それと妊婦《にんぷ》ってあまり高い階に住んじゃいけないんですってね。生まれた子供に影響があるって、誰かがいってたわ。それにダイオキシンと母乳の問題とか、恐いことがたくさんあるみたいじゃない。あなたも大変ねえ」

「いったい、あなた、何がいいたいの」

リエコはこみあげてきそうになる物を抑えた。

「別に。あなたのことを心配していってるのよ。友だちだもの、元気な赤ちゃんを生んで欲しいし」

「嘘《うそ》いわないで。そんなこと、これっぽっちも思ってないくせに」

「思ってるわよ。だからオレンジを……」

「オレンジなんかでごまかさないでよ。そんな物、欲しかったらうちで買うわよ」

マキはぷいっと横を向いた。そして公園の木に止まって鳴いているカラスを見て、

「かあかあかあ」

と大声を出した。カラスはびっくりしたのか、一瞬、鳴くのをやめた。

「とにかく帰って」

リエコはマキの手を引っぱった。

「わかったわよ、帰ればいいんでしょ、帰れば」

やっと彼女は帰っていった。ぐったりしてリエコはベッドに倒れ伏した。その夜、なぜマキを中に入れたかということで、ヤスヒコと喧嘩《けんか》になった。彼は、

「『つわりがひどくて心配だから、オレンジを持ってきた』っていわれたら、邪険《じゃけん》に追い返すわけにいかないだろう」

と当惑した顔でいった。

「それにだまされちゃいけないのよ。絶対にあの人が来てもうちに入れないで」

そう固くいい渡した。それから彼が出勤すると、すぐに鍵《かぎ》をかけ、居留守を使った。買い物も彼に行ってもらい、とにかく家の中でじっと横になっていた。マキはそれ以来、姿を現さなくなった。時折、ベランダから下を見ると、ふらふらした足取りで出かけていく姿を見ることはあったが、話をするような関係ではなくなっていた。

「しょうがないわ」

そうつぶやいてリエコはベッドに横になった。そのとき彼女は、社宅の中で、リエコが妊娠しているのは、ＯＬ時代から不倫をしていた上司の子供であるという話が、まことしやかに伝わっていることを、まだ知らなかった。

この作品は平成十二年三月新潮社より刊行された。

へその緒《お》スープ

新潮文庫　む－8－18

平成十四年九月一日発行
平成十六年六月五日二刷

著者　群《むれ》ようこ

発行者　佐藤隆信

発行所　株式会社新潮社
郵便番号　一六二―八七一一
東京都新宿区矢来町七一
電話　編集部（〇三）三二六六―五四四〇
　　　読者係（〇三）三二六六―五一一一
http://www.shinchosha.co.jp

価格はカバーに表示してあります。

乱丁・落丁本は、ご面倒ですが小社読者係宛ご送付ください。送料小社負担にてお取替えいたします。

印刷・大日本印刷株式会社　製本・憲専堂製本株式会社
© Yôko Mure 2000　Printed in Japan

ISBN4-10-115928-9 C0193